gh

CW01647318

EinFach
Deutsch

Max Frisch

Biedermann und die Brandstifter

... verstehen

Erarbeitet von
Benedikt Descourvières

Herausgegeben von
Johannes Diekhans
Michael Völkl

Bildnachweis

S. 11: © Chamäleon, Theatergruppe/VHS Waldbronn, 2005; S. 27, 128: Autor: Eckart Meisel, Leipzig Quelle: Kinder- und Jugendpfarramt der EKM; S. 35, 100: © ullstein bild – Esch-Kenkel; S. 44: © Mimenfeld – Neues Theater Neuburg; S. 62, 88: © picture-alliance/dpa; S. 66: © picture-alliance/KPA; S. 72: © Gaststubenbühne Wörgl, Alex Mey; S. 79: ullstein bild – Granger Collection; S. 85: Horst Haitzinger/CCC, www.c5.net; S. 86: dpa

Sollte trotz aller Bemühungen um korrekte Urheberangaben ein Irrtum unterlaufen sein, bitten wir darum, sich mit dem Verlag in Verbindung zu setzen, damit wir eventuell notwendige Korrekturen vornehmen können.

www.schoeningh-schulbuch.de
Schöningh Verlag, Jühenplatz 1–3, 33098 Paderborn

Druck 5 4 3 2 1 / Jahr 2016 15 14 13 12
Die letzte Zahl bezeichnet das Jahr dieses Druckes.

Umschlaggestaltung: Nora Krull, Bielefeld
Umschlagbild: © Gaststubenbühne Wörgl, Alex Mey
Druck und Bindung: westermann druck GmbH, Braunschweig

ISBN 978-3-14-022514-4

Inhaltsverzeichnis

An die Leserin und den Leser

Liebe Leserin, lieber Leser!

„Als Stückschreiber hielte ich meine Aufgabe für durchaus erfüllt, wenn es einem Stück jemals gelänge, eine Frage dermaßen zu stellen, daß die Zuschauer von dieser Stunde an ohne eine Antwort nicht mehr leben können – ohne ihre Antwort, ihre eigene, die sie nur mit dem Leben selber geben können."

Max Frisch, Tagebuch 1946–1949, in: ders., Gesammelte Werke in zeitlicher Folge. Herausgegeben von Hans Mayer. Band 2: 1944–1949.

Existenzielle Fragestellungen durchziehen Max Frischs Gesamtwerk wie ein roter Faden. Oft sind es Fragen nach den Wegen und auch dem Scheitern menschlicher Selbstverwirklichung. Oder die Frage nach Möglichkeiten konkreten Verhaltens in besonderen Situationen – wie zum Beispiel in der Situation eines Gottlieb Biedermann, der zwei Fremde in sein Haus aufnimmt und beunruhigt, aber auch tatenlos zusieht, wie diese eine Brandstiftung auf seinem Speicher vorbereiten. Eine entscheidende Frage des Stückes „Biedermann und die Brandstifter" formuliert die Hauptfigur im fünften Akt selbst: „Was hätten Sie denn getan, Herrgottnochmal, an meiner Stelle? Und wann?" (S. 53)[1], will er vom Publikum und damit auch von den Leserinnen und Lesern wissen.

An uns alle richten sich mithin Bedenken, die sich aus der Lektüre des „Biedermann"-Dramas ergeben: Wie hätten wir/hätte ich an der Stelle Biedermanns gehandelt? Wie hätten wir/hätte ich auf das Vorgehen der mutmaßlichen

[1] Sämtliche Stellenangaben beziehen sich auf die im Literaturverzeichnis aufgeführte Textausgabe des Suhrkamp Verlags (folgt der alten Rechtschreibung).

Brandstifter reagiert? Wie wären wir/wäre ich der geahnten Gefahr begegnet? Zwar scheint unsere Antwort auf Biedermanns Frage zunächst sehr leicht: Wir selbst ließen doch niemals sehenden Auges zu, dass unser Haus abgebrannt wird. Aber wir müssen uns vergegenwärtigen, dass Biedermanns Frage ja nicht nur die Gefahr der Brandstiftung im engeren Wortsinne, sondern auch im übertragenen Sinne betrifft: Wie oft gehen wir in unserem Alltag unvernünftig-leichtsinnig mit Risiken und drohenden Gefahren um? Nehmen wir sie ernst und beherzigen wir die Warnungen unserer Umgebung? Zum Beispiel Hinweise von Ärzten auf gesunde Ernährung und Bewegung oder Warnungen vor drohenden Gefahren im Straßenverkehr? Und es geht nicht nur um Risiken für das eigene Leben, sondern auch um solche für die gesamte Gesellschaft, ja die ganze Welt. Dies hat sich in der Geschichte oft gezeigt, zum Beispiel beim Aufstieg Hitlers: Lange schon vor 1933 hat dieser mit seiner nationalsozialistischen Partei seine verbrecherischen Ziele ziemlich genau formuliert. Trotzdem wurde er in allen gesellschaftlichen Schichten des Deutschen Reiches unterstützt und gewählt. Auch in der Gegenwart zeigen sich sehr gefährliche Entwicklungen, deren weltweites Gefahrenpotenzial auf der Hand liegt: Die Industrie- und Konsumgesellschaften des Westens ignorieren ihren verantwortungslosen, verschwenderischen Umgang mit den natürlichen Ressourcen der Erde, den Rohstoffen und Lebensgrundlagen. Weltweit haben sich Regierungen noch nicht auf entscheidende Maßnahmen zum nachhaltigen Klimaschutz einigen können, obwohl schon seit Längerem die verheerenden Auswirkungen der Klimaveränderungen deutlich erkennbar sind.

„Augen zu und irgendwie durch" – damals wie heute, im Großen wie im Kleinen: Gleicht das nicht erschreckend dem Handeln Biedermanns? Jede von Menschen erzeugte soziale und ökologische Katastrophe eignet sich dazu, das

Phänomen Biedermann als Grundmuster kleinmütigen, ignoranten und egoistischen Handelns aufzuzeigen.
Frischs „Brandstifter"-Drama hat sich zu einem seiner erfolgreichsten Bühnenstücke und zu einem internationalen Theaterklassiker entwickelt. Auch im Deutschunterricht gehört es bis heute zu den beliebten und verbreiteten Standard-Lektüren.
Um die Lektüre zu bereichern und zu vertiefen, will der vorliegende Band aus der Reihe „EinFach Deutsch ... verstehen" Zugänge zur Interpretation des Textes aufzeigen. Er vermittelt weiterhin zentrale biografische, zeitgeschichtliche und dramentheoretische Hintergründe des Werks.

Viel Freude bei der Lektüre und anregende Auseinandersetzungen über die Fragen, die der „Biedermann"-Text aufwirft, wünscht

Benedikt Descourvières

Der Inhalt im Überblick

Im Zentrum der Dramenhandlung stehen das Ehepaar Gottlieb und Babette Biedermann, deren Hausangestellte Anna und die zwei Brandstifter Josef Schmitz und Willi Eisenring. Das Ehepaar Biedermann führt das gediegene, von bürgerlichen Konventionen und Zielvorstellungen geprägte Leben einer erfolgreichen Unternehmerfamilie. Das Wissen um Brandstifter, die nach Zeitungsmeldungen eine ernsthafte Gefahr für die Stadt darstellen, trübt die Stimmung und schürt die Angst der Bürger, die auch von dem regelmäßig auftretenden Chor der Feuerwehrleute beschworen wird. Entsprechend den öffentlichen Warnungen vor als Hausierern getarnten Brandstiftern lehnen es auch die Biedermanns ab, Fremde in ihr Haus aufzunehmen.

Mit Erscheinen des sich als Ex-Ringer ausgebenden Schmitz ändert sich diese Grundhaltung schlagartig. Es gelingt Schmitz, sich bei Biedermann und später auch bei dessen Frau einzuschmeicheln und sich auf dem feuergefährlichen Dachboden einzunisten. Zwar beschleicht beide ein ungutes Gefühl, aber sie verdrängen ihre Befürchtungen und dulden Schmitz in ihrem Haus. Dies ändert sich auch dann nicht, als Schmitz offenkundig ohne das Wissen der Biedermanns zuerst seinen Freund Eisenring und später einen dritten Brandstifter, den Dr. phil., auf den Dachboden einschleust. Trotz zunehmender Verdachtsmomente gegen die seltsam vergnügten und offenherzigen Gäste, die im Beisein von Biedermann Benzinfässer stapeln, Zündschnüre organisieren, über ihre Vergangenheit als Verdächtige in diversen Brandstiftungsdelikten scherzen, und trotz eindringlicher Warnungen des Chores der Feuerwehrleute bleiben die Hausbesitzer tatenlos. Sie können und wollen nicht glauben, dass Brandstifter ganz offen einen Brandherd in ihrem Haus einrichten. Die Biedermanns – beson-

ders Gottlieb Biedermann – flüchten sich stattdessen in die fatale Hoffnung, durch Anbiederung an Schmitz und Eisenring deren Gunst zu erheischen und damit von deren etwaigen kriminellen Machenschaften verschont zu bleiben. Den Schaden für andere billigend in Kauf nehmend und nur die eigene Rettung vor Augen, drängt Biedermann die mutmaßlichen Verbrecher während eines feierlichen und kostspieligen Abendessens dazu, mit ihm Bruderschaft zu trinken. Die konsequente Verleugnung eindeutiger Indizien – Benzinfässer, Lunten, Benzingestank, Benzin-Etiketten, kriminelle Vorgeschichte – steigert sich schließlich bis zur Mittäterschaft Biedermanns, der den Brandstiftern zum Schluss noch die eigenen Streichhölzer überreicht.
Schmitz und Eisenring zeigen sich von Biedermanns kumpelhaften Annäherungsversuchen wenig beeindruckt und legen – wie offen gegenüber ihren Gastgebern angekündigt – in aller Fröhlichkeit den für die gesamte Stadt verheerenden Brand.

Die Personenkonstellation

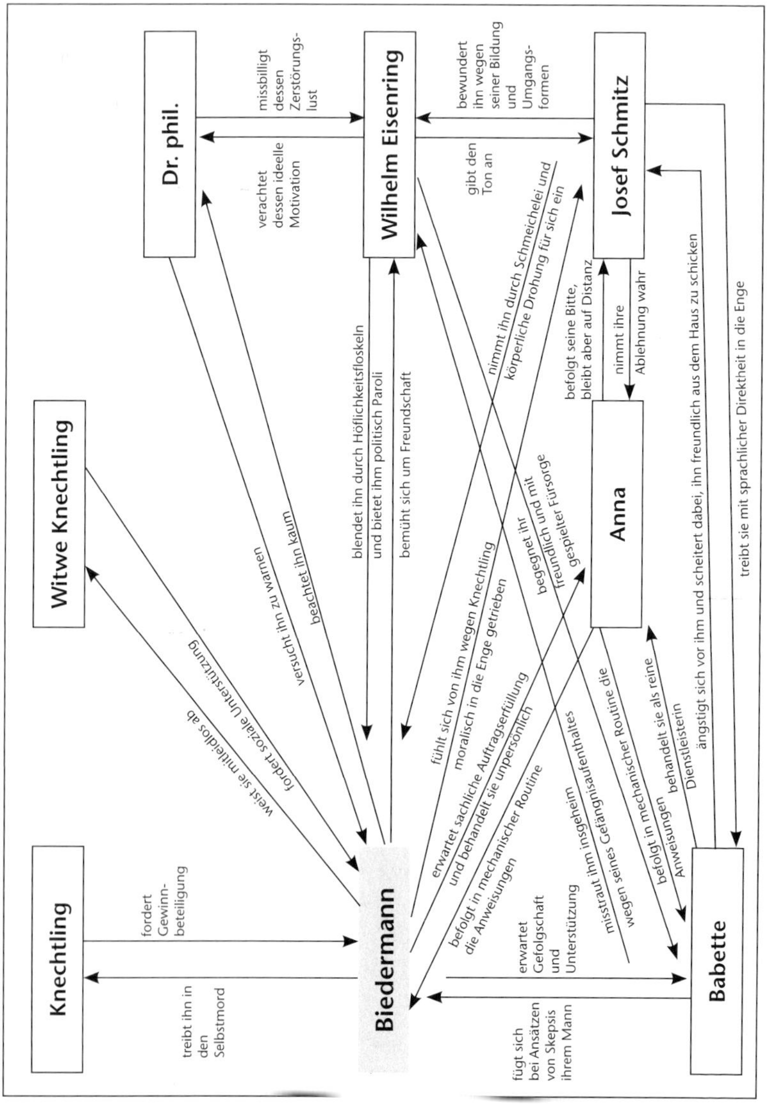

Inhalt, Aufbau und erste Deutungsansätze

Thematische Schwerpunkte im Vorspiel

Das Drama „Biedermann und die Brandstifter" setzt mit einem Vorspiel ein: Darin finden sich gleich zu Beginn zentrale Motive, thematische Schwerpunkte und Strukturelemente, die das gesamte Stück entscheidend prägen. Mit dem Vorspiel deutet sich eine Dramenstruktur an, die an das Aufbauschema der griechischen Tragödie erinnert. In dieser hieß das Vorspiel *Parodos.* Im Vorspiel tritt zunächst sehr kurz Biedermann auf; er zündet sich, umringt von schemenhaft angedeuteten Feuerwehrmännern, eine Zigarre an, beschwört die menschliche Grundangst vor Brandstiftung und zieht sich zurück. Daraufhin hebt der Chor mit einem ersten feierlichen Mahngesang an, in dem er seine Rolle als kritisch kommentierende Brandwache vorstellt.

Allgemeine Angst vor Brandstiftung

Als ein erster inhaltlicher Schwerpunkt wird die Konfrontation der Stadtbewohner mit der Brandgefahr thematisiert, die bereits im Titel ausdrücklich angesprochen ist und die das Denken und Handeln der Akteure maßgeblich beeinflusst. Dies zeigt sich zunächst körpersprachlich bei Biedermann, der sich *„umsieht"* (S. 7), nachdem er verstohlen in der Dunkelheit seine Zigarre mit einem Streichholz angezündet hat.

Dass dieses Umsehen keine zufällige Übersprungshandlung ist, sondern in direktem Zusammenhang mit der Angst vor Bränden steht, bestätigt er in seiner Figurenrede von der allgegenwärtigen Möglichkeit einer „Feuersbrunst" (S. 7), an die er sich immerzu erinnert fühlt, zum Beispiel durch die Anwesenheit von *„Feuerwehrmänner[n] in Helmen"* (S. 7). Diese Feuerwehrleute dienen aber keineswegs als dekorative Statisten, sondern übernehmen nach Biedermanns Kurzauftritt mit ihrem Chorgesang die Bühne. Auch sie setzen sich mit der Brandgefahr auseinander, denn „[f]euergefährlich ist viel" (S. 7). Sie berichten von ihrem engagierten Einsatz für die Brandsicherheit in der Stadt: „Ohne zu schlafen jedoch, unermüdlich/Spähend,/Horchend" (S. 7) erfüllen sie ihre Aufgabe, ohne allerdings einen Zweifel daran zu lassen, dass die Gefahr oftmals menschlichem „Blödsinn" (S. 8) und „Unfug" (S. 7) entspringt.

Fehlverhalten oder Schicksal?

Die Menschen selbst hingegen ziehen es nach Einschätzung des Chores vor, ihre Fehler „Schicksal zu heißen" (S. 8). Wenn der Chor abschließend problematisiert, dass die Menschen ihre Fehlleistungen gerne als Schicksal verbrämen, schließt sich der Kreis zum eingangs geschilderten Verhalten Biedermanns. Dieser *„verzieht sich"* (S. 7), sobald er die Feuerwehrleute erkennt, und *„verbirgt die rauchende Zigarre"* (S. 7). Indem Biedermann den Kontakt mit den Brandschützern vermeidet, wird erkennbar, dass er sich der Richtigkeit seines Verhaltens nicht ganz sicher ist. Schließlich hantiert er trotz seiner Angst vor Brandstiftung mit offenem Feuer und brennender Zigarre. Folgerichtig verschwindet er lieber, als angesichts der Feuerwehrleute mit seinem schlechten Gewissen und seiner Unsicherheit konfrontiert zu werden. Hier wird deutlich, dass es sich bei Biedermann um eine Figur handelt, die gerne von der Gefahr redet, aber sich nicht dementsprechend verhält und mögliche Fehler im eigenen Handeln, wie zum Beispiel das Anzünden einer Zigarre, vorsichtshalber *„verbirgt"* (S. 7).

Neben der mehrfach artikulierten Brandgefahr werden im Vorspiel auch zentrale Motive wie das Zigarren-, das Streichholz- und das Glockenmotiv eingeführt. Die Zigarre als kostspieliges Genussmittel eignet sich grundsätzlich dazu, eine gewisse bürgerliche Selbstzufriedenheit sowie eine anspruchsvolle Konsumhaltung zu repräsentieren. Im Stück wirkt sie darüber hinaus dingsymbolisch als Maßstab für Selbstsicherheit und Kontrolle. Behauptet Biedermann beispielsweise im Vorspiel und auch in der ersten Szene noch selbstverständlich seinen Zigarrengenuss, so paart sich sein Rauchverhalten zunehmend mit Nervosität und schließlich in den Szenen 4 und 6 mit schierer Angst. Je mehr Sicherheit und Macht Biedermann verliert, desto mehr nimmt beides bei den Brandstiftern zu, die folgerichtig auch genüsslich rauchen. Dies zeigt sich in der ersten (vgl. S. 12–14) und der sechsten Szene (vgl. S. 63). Je nachdem also, wie geraucht wird, drückt der Umgang mit der Zigarre das Maß an Kontrolle und Beherrschung der jeweiligen Situation seitens des Rauchenden aus.

Zigarrenmotiv

Funktional verknüpft mit dem Zigarrenmotiv ist das Streichholzmotiv, das mit seinem Auftauchen unmittelbar am Anfang und am Ende des Stückes sehr prominent platziert ist. Der Besitz des Streichholzes markiert die Macht über das Feuer. Anfänglich kontrolliert Biedermann es mühelos – eingeschränkt nur durch sein ängstliches Davonstehlen vor der Feuerwehr –; zum Ende hingegen zeigt sich am Streichholzmotiv, dass er keineswegs mehr selbstbewusst handelt, sondern angsterfüllt dieses Kontroll- und Machtinstrument vollständig in die Hände der Brandstifter gibt (vgl. S. 68).

Streichholzmotiv

Das Glockenmotiv durchzieht den gesamten Theatertext und liest sich als dramatisch höchst effektvolle Rhythmisierung, die nur bedingt als zeitliche Taktung fungiert. Es findet sich öfter und eindringlicher in den Chor-Passagen als

Glockenmotiv

in der Spielhandlung. Noch im Vorspiel dienen die Glockenschläge als Anzeiger einer sehr gerafften Erzählzeit, da sich der Chor-Auftritt im Umfang von 42 Zeilen im Zeitraum von einer Stunde abspielt, wie die Glockenschläge zeigen (vgl. S. 7f.). Schon die zweite Chor-Sequenz (vgl. S. 19f.) wird durch viermaliges Glockenschlagen strukturiert, ohne dass damit eine konkrete Zeitangabe verbunden wäre. In der vierten Chor-Sequenz ist unbestimmtes *„Kirchenglockengeläute"* (S. 49), dem sich keine Zeitangabe entnehmen lässt, zu hören. Es verlängert sich in den Beginn der fünften Szene und wirkt dort ebenso ungestüm und wild wie alarmierend. Im letzten Auftritt des Chores am Ende der sechsten Szene, dem *Exodos,* klingt das Glockenmotiv etwas abgewandelt an, aber eine zeitliche Taktung durch bestimmte Glockenschläge findet sich dort nicht. Zum Ende der sechsten Szene ist ebenfalls zu hören, wie Biedermanns *„Standuhr schlägt"* (S. 68), was in das Läuten der „Sturmglocken" (S. 68) übergeht. Das variierte Glockenmotiv signalisiert in Anspielung auf die ablaufende Zeit die wachsende Gefahr. Als Todessymbol im Sinne einer Sterbe- oder Alarmglocke deutet es zudem auf den sich unaufhörlich nähernden und durch Biedermanns Handeln schließlich auch besiegelten Untergang der Stadt.

Beobachterstatus des Chores

Neben inhaltlichen Schwerpunkten und bedeutenden Motiven zeigt sich im Vorspiel zudem der Sonderstatus des Chores, der in einer Form von Parallelexistenz auftritt. Die Handlung im Vorspiel wie im gesamten Stück gliedert sich in die Spielhandlung der Figuren und in die weitgehend geschlossenen Auftritte des Chores, die beide bis auf eine Ausnahme nicht ineinandergreifen. Die Ausnahme findet sich zum Ende der dritten Szene, als Biedermann und der Chor dialogisch aufeinander reagieren (vgl. S. 36–40). Ansonsten steht der Chor wachend, beobachtend und kommentierend neben Biedermann und allen anderen Bürgern. Nicht nur durch seine Passivität als kritischer Beobachter unterscheidet er sich von den anderen Figuren, sondern auch durch seine Sprache, wie folgender Auszug beispielhaft zeigt:

„Nimmer verdient es der Gott,
Nimmer der Mensch,
[...]
Und nimmer die göttliche Erde,
Die unerschöpfliche,
[...]
Nimmer verdient,
Schicksal zu heißen, bloß weil er geschehen:
Der Blödsinn,
Der nimmerzulöschende einst!" (S. 8)

Die Sprache wirkt recht antikisierend (nach Art der Antike gestaltet) und erinnert an ältere Übersetzungen griechischer Tragödien. Der feierliche Rhythmus und zahlreiche rhetorische Figuren fügen sich zu dem gehobenen Sprachstil des Chores. So findet sich mit den Zeilenanfängen „Nimmer" mehrfach eine Anapher und in den Zeilen, die mit „Nimmer" beginnen, eine Inversion. Zudem sind diese Zeilen durch syntaktischen Parallelismus gekennzeichnet. Die eingeschobenen Aussagen „Die unerschöpfliche" und „Der nimmerzulöschende einst" markieren Parenthesen. Insgesamt weist die Sprache den Chor als geschlossene und eigenständige Einheit im Figureninventar aus.

Szene 1

Bürgerliche Lebensverhältnisse Biedermanns

Szene 1 stellt eingangs mit dem Haarwasserfabrikanten Gottlieb Biedermann die titelgebende Hauptfigur vor. Biedermann richtet sich am Abend mit Zeitung, Zigarre und Wein behaglich in seiner Wohnstube ein, als ihm das Dienstmädchen Anna einen Unbekannten ankündigt. Dieser steht unvermittelt vor Biedermann, stellt sich ihm als Josef Schmitz vor und nimmt ihn überraschend für sich ein. Auch der Angestellte Biedermanns, Knechtling, begehrt Einlass, wird aber in Anwesenheit von Schmitz von seinem Chef brüsk abgewiesen. Um vor Schmitz nicht als hartherzig und ungerecht zu erscheinen, gewährt er ihm entgegen seiner ausdrücklichen Anweisung, auf keinen Fall Fremde aufzunehmen, Obdach auf dem Dachboden.

Biedermann pflegt einen gehobenen bürgerlichen Lebensstil, was man daran erkennt, dass er sich Genussmittel wie Wein und Zigarre ebenso leistet wie die Dienste der Hausangestellten Anna. Weiterhin lebt er mit einem klaren Bild von sich selbst und seiner Umwelt: Demnach sieht er sich als ein interessierter, prinzipientreuer und vorsichtiger Hausherr mit einem Sinn für ein gewisses Maß an Menschlichkeit. So liest er die Zeitung (vgl. S. 8), positioniert sich öffentlich (vgl. S. 12) wie auch privat (vgl. S. 8f.) klar und kompromisslos gegen Verbrecher und Brandstifter, pocht vehement darauf, kein „Unmensch" (S. 9) zu sein. Dazu gehört für ihn, aus Mitleid Hausierern etwas abzukaufen – „ein Traktat oder Rasierklingen" (S. 9) –; nicht dazu gehören die Aufnahme Fremder in sein Haus, ein freundlich-persönlicher Umgang mit Anna oder eine ehrliche Wertschätzung der Arbeit seiner Angestellten, wie es am Beispiel des von ihm gekündigten und übervorteilten Knechtling deutlich wird.

Verhältnis Biedermanns zu seinen Angestellten

Während Biedermann Anna ausschließlich mit Aufträgen und herrischen Zurechtweisungen („Das habe ich Ihnen schon hundertmal gesagt!", S. 9) begegnet, weist er Knechtlings Anliegen unverhältnismäßig hartherzig zurück, indem er ihn auffordert zu prozessieren oder sich umzubringen (vgl. S. 16). Zwischen der von Biedermann wiederholt behaupteten Menschlichkeit und seinem Umgang mit Anna und Knechtling klafft ein Widerspruch, es ist genau dieser Widerspruch, dessen sich der unangekündigte Gast Schmitz bedienen wird, um Biedermann zu seinen Gunsten zu beeinflussen.

Aufdringlichkeit von Schmitz

Schmitz, ein kraftvoller Ex-Ringer, führt sich gewissermaßen selbst in Biedermanns Wohnstube ein, indem er sich dreist über die Regeln bürgerlichen Anstands hinwegsetzt und nicht „im Flur draußen warten" (S. 9) will, wie Biedermann es anordnet, sondern ohne Erlaubnis in die Stube eintritt. Dort wartet er ungesehen, bis *„Biedermann seinen Wein gekostet hat und sich umdreht"* (S. 10). Sein unvermitteltes wie selbstsicheres Erscheinen versetzt ihn von Anfang an in die Position des Überlegenen, der geschickt das Überraschungsmoment ausnutzt. Wie selbstverständlich hebt er die Zigarre auf, die Biedermann *„vor Verblüffung"* (S. 10) hat fallen lassen, und ignoriert fortgesetzt Biedermanns Versuche, sich ihm gegenüber zu behaupten. Diese Versuche kommen nicht über verzagte Ansätze hinaus. Die Verzagtheit von Biedermanns verbalen Reaktionen kommt typografisch durch die Auslassungszeichen und Gedankenstriche und dialogisch durch das Ausbleiben einer zu erwartenden Entrüstung und das fehlende Nachsetzen Biedermanns zum Ausdruck. So zeigt sich Schmitz völlig unbeeindruckt von Biedermanns zögerlicher Frage ob seines plötzlichen Erscheinens in der Stube: Er wiederholt stattdessen seine Begrüßungsformeln „Guten Abend!" und „Mein Name ist Schmitz" (S. 10f.) mehrmals, ohne auf Biedermanns Bedenken auch nur im Geringsten einzugehen. Überraschenderweise akzeptiert Biedermann dies – möglicherweise auch beeindruckt vom kraftvollen Äußeren seines Gegenübers. Schmitz selbst spielt darauf in scheinheiliger Naivität an: „Das ist schrecklich [...], wenn einer so gewachsen ist wie ich. Alle Leute haben Angst vor mir ..." (S. 11) Sein gespieltes Bedauern kann kaum darüber hinwegtäuschen, dass er eine indirekte Drohung ausspricht. Nicht ohne Grund also sieht sich Biedermann hier veranlasst, seinen kräftigen Gesprächspartner nicht gegen sich aufzubringen, sodass er ihm eine Zigarre anbietet, um Wohlwollen zu signalisieren. Schon an dieser Stelle verdeutlicht die Zigarre motivisch, dass Biedermanns Selbstsicherheit wankt, wohingegen sie bei Schmitz zunimmt. Diese macht sich fortan in der Stube genauso breit wie der Qualm seiner Zigarre, die Schmitz sichtlich genießt: *„Er hält die Zigarre unter die Nase und kostet den Duft."* (S. 11) *„Er raucht genußvoll."* (S. 13)

Biedermanns Empfänglichkeit für Komplimente

Die unverschämte Konsequenz, mit der Schmitz die berechtigten Fragen Biedermanns ignoriert, ist nur ein Mittel, das Schmitz' taktische Überlegenheit begründet. Als weiteres Verfahren, das seine taktische Überlegenheit gegenüber Biedermann zementiert, fallen die gezielt eingesetzten Komplimente auf, mit denen Schmitz Biedermann überhäuft. Dass dieser dafür empfänglich ist, hat er vermutlich im Wirtshaus, in dem er ihn unerkannt beobachtete, ermittelt: „Gestern abend am Stammtisch, ich weiß, Herr Biedermann haben mich gar nicht bemerkt in der Ecke, die ganze Wirtschaft hat sich gefreut, Herr Biedermann, jedes Mal, wenn Sie mit der Faust auf den Tisch geschlagen haben." (S. 12) Biedermanns öffentliches Auftreten im Wirtshaus und unter Freunden zeichnet sich durch vollmundige Stammtischparolen aus, die darauf schließen lassen, dass er nach Aufmerksamkeit heischt und sie – so sie ihm zuteilwird – gerne auch genießt. Demzufolge spart Schmitz nicht mit übertriebener Anerkennung für seinen Gastgeber, dem er beispielsweise eine „positive Einstellung", „Zivilcourage", „Gewissen" (S. 12) sowie den Glauben „an das Gute in den Menschen" (S. 14) attestiert. Schmitz' Lobhudeleien fungieren als „Türöffner" bei seinem Gastgeber, der als Reaktion auf die Komplimente seines Gastes nicht zögert, ihm neben der Zigarre, Wein und Abendessen auch persönlich einen Sessel (vgl. S. 12) und einen Aschenbecher (vgl. S. 14) anzubieten.

Rauswurf Knechtlings

Einen besonderen Trumpf bekommt Schmitz mit Biedermanns Verhalten gegenüber dem von ihm gekündigten Angestellten Knechtling in die Hand. Biedermann weist

Knechtlings Gesprächsersuchen rüde ab: „Herr Knechtling! Herr Knechtling! Herr Knechtling soll mich gefälligst in Ruh lassen" (S. 16). Darüber hinaus fordert er ihn ungeachtet dessen prekärer familiärer Situation – „kranke Frau und drei Kinder" (S. 16) – auf, zu prozessieren oder sich umzubringen: „Soll er sich unter den Gasherd legen oder einen Anwalt nehmen" (S. 16). Vor „Ungeduld" (S. 16) in Wut entbrannt, realisiert er zu spät, dass sein Ausbruch den hehren Eigenschaften widerspricht, die ihm Schmitz zuvor bescheinigt hat.

Moralische Abhängigkeit Biedermanns von Schmitz

So *„beherrscht [er] sich mit Blick auf Schmitz"* (S. 17), der just auf seine Komplimente anspielt und Biedermann „Menschlichkeit" (S. 17) attestiert. Dadurch drängt er ihn in ein Dilemma: Bleibt Biedermann seinem grundsätzlichen Misstrauen gegenüber Fremden treu, zeigt er sich gegenüber Schmitz als „Unmensch". Schmitz jedoch weiß genau, wie sehr Biedermann dieses Urteil über sich vermeiden will: „Sie müssen jetzt nicht denken, Herr Schmitz, daß ich ein Unmensch sei –" (S. 17) Folgerichtig treibt Schmitz seinen Gesprächspartner in die Enge, indem er ihm im selben Atemzug mit der wohlfeilen moralischen Bestätigung gleich die Chance liefert, Menschlichkeit zu zeigen: „Wenn Sie ein Unmensch wären, Herr Biedermann, dann würden Sie mir heute nacht kein Obdach geben, das ist mal klar." (S. 17) Seine moralische Unterstützung für Biedermann knüpft Schmitz hier zwingend an das Angebot einer Beherbergung – ein Zugeständnis, das Schmitz als gegebene Tatsache formuliert, noch bevor Biedermann es geben kann. Um dem von Schmitz geschickt aufgebauten moralischen Druck zu entgehen, akzeptiert Biedermann die Logik von Schmitz' Klarstellung augenblicklich.

„Biedermann" und „Knechtling" als sprechende Namen

Bereits in der ersten Szene erweisen sich die Figurennamen „Biedermann" und „Knechtling" als *sprechende Namen,* das heißt beide sind keine zufälligen Zeichenketten, sondern spielen auf spezifische Verhaltens- und Denkweisen an. Im Namen „Biedermann" steckt das Adjektiv „bieder", das im 19. Jahrhundert durchaus positive Tugenden des aufstrebenden Bürgertums bezeichnete. Dazu gehörten Pflichtbewusstsein, Anstand, Ordnungsliebe, Zuverlässigkeit, Strebsamkeit. Heute hat sich die Bedeutung geändert: „Bieder" bezeichnet eher abwertend einen Menschentypus, der sich durch Langeweile, Spießigkeit, Kleinmütigkeit und Opportunismus auszeichnet. Ein biederer Mensch richtet sein Handeln an dem aus, was „man" von einem anständigen Menschen erwartet. Er besticht nicht durch Selbstbewusstsein und geistige Unabhängigkeit, sondern durch Abhängigkeit von gesellschaftlichen Erwartungshaltungen und Fremdeinschätzungen. Dies trifft exakt auf Gottlieb Biedermann zu: Sein Lebensstil entspricht den Erwartungen an gutbürgerliche Lebensverhältnisse. Sein Verhalten gegenüber Schmitz demaskiert ihn als jemanden, der größten Wert darauf legt, wie er von anderen gesehen und beurteilt wird. Dies gilt freilich nicht für den Umgang mit seinen Angestellten, der sich durch nüchterne Gefühllosigkeit auszeichnet. Das rührt daher, dass sie von ihm abhängig sind und dass ihre Meinung somit nicht von Belang ist. Ein eigenständiges, selbstbewusstes und selbstkritisches Denken ist von dem biederen Menschen Gottlieb Biedermann nicht zu erwarten.

Der Name „Knechtling" wiederum unterstreicht die ökonomische Abhängigkeit zwischen Arbeitgeber und Angestelltem, der im Konflikt- und Zweifelsfall den Kürzeren zieht. Der Angestellte ist mitnichten geschäftlicher Partner im Erwerbsleben, sondern er bleibt wie ein Knecht völlig abhängig von seinem Arbeitgeber.

Synchronisierung von Biedermanns Abgang und Babettes Einführung

Zum Abschluss der Szene versteckt Biedermann seinen Überraschungsgast auf dem Dachboden. Währenddessen betritt seine Frau, Babette Biedermann, mit Anna in kurz aufeinanderfolgenden Sequenzen, die zeitlich simultan mit Sequenzen auf dem Dachboden ablaufen, die Bühne.

Babette-Handlung (Wohnstube)	Biedermann-Handlung (Dachboden)
Babette und Anna nähern sich, man hört Frauenstimmen.	Biedermann lotst Schmitz am Chor vorbei von der Bühne.
Babette kommt mit Anna auf die Bühne und spricht mit ihr.	Biedermann und Schmitz treten ab.
	Biedermann betritt mit Schmitz den Dachboden und flüstert mit ihm.
In der Wohnstube reagiert Babette erschrocken auf fremde Geräusche, um sich kurz darauf erleichtert an den Zuschauer zu wenden.	
	Auf dem Dachboden schaltet Schmitz das Licht aus.

Die parallele Bauweise der Einblendungen erzeugt sowohl inhaltlich als auch dramenstrukturell aufschlussreiche Effekte. Inhaltlich unterstreicht die Struktur die moralische Doppelbödigkeit Gottliebs, der just im selben Augenblick, in dem seine Frau „zu Tod erschrocken" (S. 18) ihre Panik vor möglichen Fremden im Haus artikuliert, einen ihm fast unbekannten Gast auf dem Dachboden versteckt. Gottlieb hintergeht seine Frau; dass er sich dessen bewusst ist, zeigt sich deutlich an den im Nebentext angedeuteten körpersprachlichen Signalen, wie *„sie gehen auf Fußspitzen"* und *„es wird nur geflüstert"* (S. 18).
Dramenstrukturell bereitet die Bauweise einen gleitenden Übergang der Szenen vor, indem die Protagonisten der ersten Szene langsam in den Hintergrund treten und eine neue Figur, die eine bedeutende Rolle in der folgenden Szene übernimmt, eingeführt wird.

Raumstruktur: Wohnstube – Dachboden

Außerdem demonstriert die Synchronstruktur zwischen Babette- und Biedermann-Handlung die Aufteilung der Bühne in die zwei Spielräume *Wohnstube* und *Dachboden/ Estrich.* Zwischen diesen beiden Räumen pendeln die Handlung und Biedermann in den Szenen 1 bis 4. Die Szenen 5 und 6 spielen schließlich nur noch in der Wohnstube. Die Aufteilung des Bühnengeschehens in Wohnstube und Dachboden verdeutlicht, dass die Brandstifter und die von ihnen ausgehende Gefahr schon zum Ende der ersten Szene einen festen Platz im Haus und im Leben der Biedermanns besetzen. Der Dachboden dient den Brandstiftern gleichsam als Stützpunkt, von dem aus sie ihre Dominanz zunehmend ausbauen und stetig mehr Raum im Haus kontrollieren.

Szene	Aktionsradius der Brandstifter im Haus
1	Schmitz ist zu Gast in der Stube und am Ende auf dem Dachboden.
2	Schmitz frühstückt ausgiebig in der Stube. Zum Ende deutet sich an, dass Schmitz Eisenring unterbringt.
3	Schmitz und Eisenring stapeln Benzinfässer auf dem Dachboden. Anfänglich sind sowohl Eisenring als auch die Fässer unbemerkt geblieben. Dies beweist, dass die Gäste schon zuvor die Zugänge zum Haus kontrolliert haben.
4	Die Brandstifter bereiten in Anwesenheit von Biedermann die Brandstiftung professionell vor. Biedermann bietet ihnen sogar an, sein Badezimmer im Wohnbereich zu benutzen. Zwischenzeitlich ist es auch einem dritten Brandstifter, dem Dr. phil., gelungen, sich unbemerkt auf dem Dachboden einzunisten.
5	Biedermann richtet die Ausstattung der Wohnstube ganz auf das gemeinsame Abendessen mit den Brandstiftern aus.
6	Die Brandstifter bestimmen während des Abendessens in der Wohnstube die Gesprächsinhalte, die Einrichtungsgegenstände sowie das Ende des gemeinsamen Abends.

Ein Sonderraum kommt dem Chor zu, der an nicht näher bestimmten Stellen im Stadtgebiet auftritt. Der Chor befindet sich nicht an einem räumlich fest definierten Ort, sondern agiert quasi „neben" der Bühnenhandlung, die er komplett überblickt.

Verhältnis zwischen Babette und Anna

Die Figur Babette wird zum Ende der ersten Szene eingeführt: Schon in diesen kurzen Szenenabschnitten erscheint sie als wohlhabende Unternehmersgattin, die es gewohnt ist, auf die Dienste einer Hausangestellten, die ihr Rede und Antwort stehen muss, zurückzugreifen. Wie ihr Mann, so behandelt auch Babette das Dienstmädchen Anna sehr sach- und zweckorientiert: Kein persönliches Wort, sondern organisatorische Fragen wie „Wo ist mein Mann?" oder „Und wem gehört das rostige Fahrrad, das unten neben unsrer Haustüre steht?" sowie klare Anweisungen – „Sie können einen Schatz haben, aber ich will nicht, Anna, daß Sie ihn im Haus verstecken." (S. 18) – prägen ihr Verhältnis zu Anna. Daran ändert sich im gesamten Stück nichts.

Angstzustände Babettes

Babette zeigt sich nicht nur als weisungsbefugte Hausherrin, sondern auch als überaus panisch, denn bereits ein unbekanntes „Fahrrad" vor der eigenen Haustüre und neue Geräusche im Haus erschrecken sie „zu Tod" (S. 18) und lassen sie *„entsetzt"* (S. 19) erstarren. In der Figurenrede beschreibt sich Babette selbst als tief verängstigter Mensch, der ohne die Versicherungen ihres Mannes „die halbe Nacht lang nicht schlafen" (S. 19) könnte. Damit deutet sich eine klassische Rollenverteilung an: der Mann als treuer Beschützer und Ernährer der schwachen und ängstlichen Ehefrau.

Sorge des Chores

Den Abschluss der ersten Szene markiert der Chor, der sich als ebenso aufmerksamer wie besorgter Beobachter der Stadt erweist, indem er „[s]pähend,/[h]orchend" (S. 19) wacht und jede Auffälligkeit – „Wer denn macht Licht in der Stube/Um diese Stunde?" (S. 19) – notiert. Die Chor-

Sequenz am Ende der ersten Szene sticht strukturell hervor, weil sie ein Selbstgespräch Babettes einrahmt. In ihrem kurzen Monolog thematisiert sie ihre Schreckhaftigkeit, aus der heraus sie vergeblich versucht, ihren Mann zu wecken.

Erzählperspektive vom Chor und von Babette

Diese verschränkte Komposition von Chor-Passage und Figurenrede zeigt die Perspektive der Handelnden: Der Chor, der außerhalb steht, betrachtet das Geschehen allwissend von einem olympischen Standpunkt aus. Babette hingegen blickt aus einer eingeschränkten, weil subjektiven Perspektive auf die Situation.

Beide, Chor und Babette, formulieren inhaltliche Vorausdeutungen auf das weitere Geschehen. „Nichts ist geschehen der nächtlichen Stadt,/Heute noch nichts …" (S. 20), deklamiert der Chor abschließend und verweist damit auf mögliche Gefahren. Babettes Versuch, ihren Mann zu wecken, scheitert: „Männer! dann nehmen sie einfach ein Schlafpulver." (S. 20) Sie spricht hier eine Charaktereigenschaft Gottliebs an, die im weiteren Verlauf der Dramenhandlung entscheidend dazu beiträgt, die Katastrophe herbeizuführen: Gottlieb betäubt seine Befürchtungen mit Medikamenten. Indem er sie verdrängt, entledigt er sich der Möglichkeit, selbstbewusst zu handeln. Der hier von Babette angedeutete Charakterzug führt in den folgenden Szenen zu einer selbst verschuldeten Handlungsohnmacht Gottliebs.

Szene 2

Streitgespräch zwischen Babette und Gottlieb

Die Szene beginnt mit einem Zwiegespräch des Ehepaares Biedermann über den fremden Gast, durch den sich Babette verunsichert fühlt. Für die anschließende Unterhaltung mit Schmitz nimmt sie sich vor, ihn höflich, aber bestimmt aus dem Haus zu schicken. Mit dieser Absicht kann sie sich jedoch gegen Schmitz nicht durchsetzen: Sie lässt sich schließlich dazu hinreißen, ihn im Haus zu behalten.

Allerdings artikuliert sie zunächst gegenüber ihrem Mann nachdrücklich ihre Ängste vor dem Gast auf dem Dachboden. Dass dieses Gespräch schon vor Szenenbeginn eingesetzt hat und zu Beginn der Szene auf seinen Höhepunkt zusteuert, wird an Gottliebs Ausruf „ – – zum letzten Mal: Er ist kein Brandstifter." (S. 20) ersichtlich. Die Gedankenstriche verweisen darauf, dass der Szene ein längerer Disput vorausgegangen ist. Babettes anhaltende Verdachtsmomente werden auch durch Gottliebs Beteuerungen nicht entkräftet.

Rollenverteilung der Biedermanns

Neben der Meinungsverschiedenheit über den Fremden präsentiert der Beginn der zweiten Szene die bereits zum Ende der ersten Szene angedeutete geschlechtsspezifische Rollenverteilung im Hause Biedermann: Gottlieb, *„in Mantel und Hut, Ledermappe unterm Arm"* (S. 20), demonstriert mit dem Blick *„auf seine Armbanduhr"* (S. 21) und dem Verweis auf den Termin mit dem „Rechtsanwalt" (S. 21) eine Geschäftigkeit, die den Eindruck verstärkt, dass er alle Aufgaben außer Haus übernimmt. Babettes Frage nach Knechtlings Entlassung (vgl. S. 21) offenbart, dass sie in die Geschicke der Unternehmensführung nicht eingeweiht ist. Ihr Aufgabenfeld liegt im Bereich des Haushalts. Dazu passt, dass sie es als ihre Aufgabe ansieht, Schmitz ein „Frühstück" (S. 21) anzubieten. Sie *„kommt mit einem Milchkrug"* (S. 20), *„gießt Milch in seine Tasse"* (S. 21) und bewirtet sowohl Gottlieb als auch den Gast zuvorkommend.

Zwiespältige Haltung Biedermanns

Im Gespräch mit seiner Frau zeigt sich Gottlieb analog zu Szene 1 als unnachgiebiger und gewissenloser Geschäftsmann, der bedenkenlos und rigoros Knechtlings Ansprüche juristisch zurückweisen will. So versichert er seiner Frau: „Diesem Knechtling werde ich die Kehle schon umdrehn." (S. 21) Trotz der geschäftlichen Unnachsichtigkeit pocht er angesichts seiner Offerte an Schmitz vom Vortag auf mehr Vertrauen und Offenheit gegenüber Fremden, um nicht in permanentem Misstrauen gegenüber allem Unbekannten zu verharren. Fast vorwurfsvoll fragt er: „Kann man eigentlich nichts anderes mehr denken in dieser Welt? Das ist ja zum Verrücktwerden, ihr mit euren Brandstiftern die ganze Zeit –" (S. 20) Geradezu beschwörend fordert er mehrfach „ein bißchen Vertrauen" (S. 21). Die Eindringlichkeit, mit der er den Wert gegenseitigen Vertrauens beschwört, wirkt, als ob er nicht nur seine Gattin, sondern auch sich selbst beruhigen möchte. Dafür, dass er selbst auch besorgt ist, dies aber verdrängt, spricht, dass er in der Nacht zuvor ein Schlafmittel genommen hat (vgl. S. 20). In diese Richtung weist auch der Umstand, dass er Babette in ihrem Entschluss, Schmitz nach dem Frühstück wegzuschicken, mit der Zustimmungsformel „Tu das." (S. 21) bestärkt. Um sich nicht unnötig lange mit seinen Sorgen beschäftigen zu müssen, meidet er den direkten Kontakt mit Schmitz weitgehend: Ihm ist sichtlich daran gelegen, die morgendliche Begrüßung von Schmitz sehr förmlich und kurz zu halten, um daraufhin seiner Frau die Arbeit zu überlassen, die sein eigenes Verhalten am Vortag erst notwendig gemacht hat. Schließlich war er es, der Schmitz eine Übernachtung anbot. Bei aller geschäftsmäßigen Kaltschnäuzigkeit gegenüber Angestellten wie Kunden, die er mit seinem Produkt wissentlich betrügt – „Die guten Leute, die unser Haarwasser auf die Glatze streichen, könnten ebensogut ihren eigenen Harn –" (S. 21) –, hält er sich gegenüber Schmitz mit konsequenten Entschlüssen auffällig zurück und verdrängt mögliche Risiken seines Handelns bzw. Nicht-Handelns.

Babettes Gesprächsziel

Im Gespräch zwischen Babette und Schmitz während des Frühstücks erweist sich die Hausherrin als ohnmächtig und gegenüber Schmitz geradezu handlungsunfähig. Weniger noch als ihr Mann am Abend zuvor kann sie Schmitz' geschickter Gesprächsstrategie Nennenswertes entgegensetzen. Über ihren anfänglichen Vorsatz, „offen [zu] sprechen" und Schmitz „[r]undheraus" (S. 23) mit ihren Absichten konfrontieren zu wollen, kommt sie nicht hinaus. Im Gegenteil: Mit jeder ihrer Bemerkungen unterstützt sie Schmitz und entfernt sich von ihrem ursprünglichen Ziel. Das liegt vor allem daran, dass sie mit der Direktheit, in der ihr Gesprächspartner ihre eigenen Gedanken schonungslos ausspricht, nicht im Geringsten umgehen kann. Sie ist es offensichtlich nicht gewohnt, harte Wahrheiten und Gefühle unvermittelt und ungeschönt mitzuteilen. Sie hofft darauf, mit indirekten und diplomatisch formulierten Andeutungen Schmitz in „aller Freundlichkeit" und „ohne zu kränken" „auf den Weg" (S. 21) schicken zu können.

Schonungslose Direktheit von Schmitz

Doch diesem Ansinnen entspricht Schmitz mitnichten. Ihren diplomatischen Anspielungen begegnet er mit brachialer Direktheit: Das beginnt damit, dass er ihren Mann geradeheraus duzt, worauf sie ihn überrascht anstarrt (vgl. S. 22). Es setzt sich mit einer gewissen Dreistigkeit in der Bestellung zweier Eier fort – „Nehmen Sie ein weiches Ei?"/„Zwei." (S. 22) – und gipfelt in seiner unmissverständlichen Formulierung ihrer wahren Gedanken: „Sie möchten mich los sein?" (S. 23) Dieses Gesprächsverhalten hemmt Babette, denn es entspricht nicht ihrer Art und „so würd [sie] es nicht sagen" (S. 23). Dementsprechend legt er ihr Vorwürfe in den Mund, die sie so nie formulieren würde (vgl. S. 24). Es fällt in diesem

Zusammenhang auf, dass Schmitz bewusst und willentlich die Redeabsicht Babettes verzerrt.

Babettes Scheitern

Neben seiner sprachlichen Direktheit, seiner zudringlichen Unverfrorenheit und seiner verzerrenden Deutung der Aussagen Babettes setzt er seine Dialogpartnerin zusätzlich durch sentimentale Anspielungen auf seine harte Jugend und seine sozial aussichtslose Situation moralisch unter Druck (vgl. S. 25). Auf diese Mischung aus Sentimentalität und kommunikativer Dominanz reagiert Babette zunächst hilflos-ängstlich und dann zunehmend defensiv. Sie distanziert sich von ihrer nie ausgesprochenen Position und bestätigt mehrfach und mit wachsender Geschwindigkeit Schmitz' Anliegen – „Ich schicke Sie gar nicht fort" (S. 25) –, bis sie auf Schmitz' Frage nach dem eigentlichen Gesprächsanlass ihre Ausgangsposition vor dem Frühstücksgespräch vor sich und ihrem Gast kategorisch leugnet: „Ja, was hab ich eigentlich sagen wollen ..." (S. 26) Zu diesem Zeitpunkt hat Schmitz Babette in einem Maße dialogisch entwaffnet und in die Enge getrieben, dass er die Ankunft seines Freundes Willi ankündigen kann, ohne auf nennenswerte Gegenwehr zu stoßen. Er leistet es sich sogar, heikle Details über Willi offenzulegen: Er habe als Kellner gearbeitet und sein Arbeitsplatz sei „niedergebrannt" (S. 26). Schon allein, dass Schmitz von einem Freund spricht, der im Zusammenhang mit einem Brand und Feuer steht, müsste bei der ohnehin ängstlichen Babette zu hysterischer Aufregung und Alarmstimmung führen. Aber es passiert nichts dergleichen.

Argwohn des Chores

Szene 2 schließt mit dem Chor-Auftritt. Der Chor agiert in der Rolle des skeptischen Beobachters und Kommentators der Spielhandlung. Die zwei unbekannten Fremden im Hause Biedermann wecken seinen Argwohn und bestätigen ihn in der Wahrnehmung seiner Aufgabe: „Wieder ist Nacht, und wir wachen." (S. 27) Zudem räsoniert der Chor über die zerstörerische Wirkung von Angst. Sie lähmt die Lebenssinne und drängt den Ängstlichen dazu, in Schreckhaftigkeit zu vegetieren, ohne die realen Gefahren zu erkennen und zu bändigen: „Viel sieht, wo nichts ist, der Ängstliche" (S. 27). In der Chor-Sequenz wird das hysterisch-neurotische Verhalten der Bürger als Kapitulation vor den realen Gefahren gedeutet. Das Individuum ängstigt sich fortwährend vor eingebildeten Gefahren und verliert dadurch Kraft und geistige Klarheit, um dem realen Bösen angemessen entgegentreten zu können: „Blinder als blind ist der Ängstliche,/Zitternd vor Hoffnung, es sei nicht das Böse,/Freundlich empfängt er's,/Wehrlos, ach, müde der Angst,/Hoffend das beste .../Bis es zu spät ist." (S. 27) Mit seiner Deutung erweist sich der Chor aber zu einem bestimmten Maß als parteiisch und als nicht vollkommen neutral: Sehr wohlwollend unterstellt er den ängstlichen Bürgern, mithin auch den Biedermanns, eine fast krankheitsbedingte Wehrlosigkeit aus Gründen psychischer Ermattung. Das Verhalten der Biedermanns, die ihre Ankündigungen gegenüber den Brandstiftern konsequent nicht in die Tat umsetzen, problematisiert der Chor ebenso wenig wie die gefährliche Eitelkeit Biedermanns, der für hoffärtige Komplimente nur allzu empfänglich und dadurch auch allzu lenkbar ist.

Glockenmotiv als Warnsignal

Motivisch fällt der Einsatz der Glocken auf: Die Turmglocke schlägt unregelmäßig und ohne bestimmte Zeitangabe. Dreimal heißt es: *„Eine/Die Turmuhr schlägt."* (S. 27) Hier verlieren die Glockenschläge ihre Funktion als Zeitanzeiger. Sie wirken eher wie eine noch unbestimmte, aber sich intensivierende Warnung vor einem noch unbekannten, aber sich stetig ausbreitenden Bösen. Infolgedessen tragen die Glockenschläge dazu bei, eine Alarmstimmung zu verbreiten.

Szene 3

Die dritte Szene markiert den zentralen Wendepunkt des Dramengeschehens, an dem sich Biedermann im Vollbesitz seiner geistigen Kräfte wissentlich in die Fänge der Brandstifter und des Unheils begibt; er vollzieht hier den entscheidenden Schritt zur Mitwisserschaft.

Wutausbruch Biedermanns

Zu Beginn der Szene präsentieren sich Schmitz und Eisenring, während sie *„Fässer in den Estrich [...], wie sie zum Transport von Benzin üblich sind"* (S. 27), rollen, unzweideutig als Brandstifter: vor dem Publikum und vor Biedermann! Damit wird der letzte noch mögliche Zweifel an den verbrecherischen Absichten dieser dubiosen Gestalten ausgeräumt. Biedermann reagiert zunächst erwartungsgemäß: Wegen des nächtlichen Lärms stürmte er wütend auf den Dachboden und fordert nachdrücklich Einlass. Biedermann zeigt sich zu Beginn der Szene unversöhnlich und verweist Schmitz lautstark des Hauses. Dieser reagiert nicht sehr beeindruckt und setzt rhetorische Ablenkungstechniken ein, indem er die Anweisung Biedermanns – „Sie verlassen mein Haus!" – frech mit „Wann?" und „Wieso?" (S. 28) hinterfragt oder sich dumm und unschlüssig gibt. Doch anfänglich wirkt diese Taktik bei Biedermann nicht, denn er beharrt auf dem Rauswurf. Wie an keiner anderen Stelle im Drama wirkt Biedermann hier in seinem Verhältnis zu den Brandstiftern selbstbewusst, dominant und zupackend.

Verblüffung durch Überraschungsauftritt Eisenrings

Die Situation kippt mit dem Auftritt Eisenrings. Zuerst verweist sein Kumpan indirekt auf ihn: „So war er noch nie ..." (S. 29), klagt er in gespielter Ratlosigkeit gegenüber seinem neuen Mitbewohner, der bis dahin unbemerkt *„hinter der aufgehenden Tür"* (S. 28) gestanden hat und sich nunmehr dem überrumpelten Hausherrn ebenso überraschend wie förmlich als „Wilhelm Maria Eisenring" (S. 29) vorstellt. Biedermanns Verblüffung ist perfekt: Stotternd spricht er seinen Satz nicht zu Ende – „Meine Herrn – " (S. 29) – und stellt im weiteren Verlauf Fragen, deren Beantwortung für die Problemlösung nicht von Bedeutung ist: „Wieso, meine Herrn, wieso sind Sie plötzlich zwei?", „Was soll das heißen?", „Was stellen Sie sich eigentlich vor, meine Herrn?" (S. 29f.) Von Bedeutung wäre hier vielmehr aufzuzeigen, dass beide ob ihrer Unverschämtheit und ihres Hausfriedensbruchs jegliches Vertrauen missbraucht haben und entsprechende Konsequenzen zu erwarten haben. Doch die Kräfteverhältnisse in der Personenkonstellation verschieben sich mit Eisenrings Auftritt schlagartig. Dass sich etwas grundlegend ändert, ist schon mit der Regieanweisung *„Biedermann dreht sich um und ist sprachlos."* (S. 29) angelegt.

Charmeoffensive Eisenrings

Die augenscheinliche Verblüffung Biedermanns und dessen hilflose Fragen eröffnen Eisenring die gewünschte Angriffsfläche für seine Charmeoffensive: Mit angeblicher Anteilnahme ergreift er für Biedermann Partei und spielt den Entrüsteten: „Das macht man nicht, Sepp, du hast kein Benehmen." (S. 29) In dem Maße, in dem er Schmitz tadelt und der Lächerlichkeit preisgibt (vgl. S. 30), mildert er den Unmut des Hausherrn. Er heuchelt fortwährend Verständnis für Biedermanns Empörung. Damit entwaffnet er Biedermann, der zwar immer noch das laute Gepolter der Nacht thematisiert, aber nicht mehr auf seinen Hausverweis für Schmitz zurückkommt – selbst dann nicht, als er die Benzinfässer entdeckt. Weder vor sich noch vor seinen verdächtigen Gästen möchte Biedermann seine Handlungsohnmacht eingestehen. Deshalb versucht er, seine zunehmende Unsicherheit und Angst hinter streng wirkenden Fragen zu verbergen.

Wirkungslose Fragen Biedermanns

Nachdem Biedermann die Fässer entdeckt hat, bleibt seine zu erwartende Reaktion aus: Statt die Situation unmissverständlich zu klären und die gefährlichen Gegenstände unverzüglich entfernen zu lassen, lässt er sich auf ein fruchtloses Frage-Antwort-Spiel ein, in dem sich die Brandstifter dumm stellen und ausweichend antworten. Biedermann hält sich mit den nichtssagenden und irrelevanten Antworten der Brandstifter auf, statt konsequent auf deren Handeln zu drängen. Auf seine Frage hin nach Sinn und Zweck der Fässer blicken die Gefragten *„dahin, wo keine*

Fässer sind" (S. 31). Auf eine mögliche sachgerechte Antwort wartet er nicht, sondern stellt gleich die nächste Frage „Was ist das?" (S. 31) zweimal und erhält die wenig erhellende Auskunft „Fässer" (S. 31). Ohne die ersten Fragen in seinem Sinne geklärt zu haben, eilt er sofort weiter zur nächsten Frage nach der Herkunft. Auch diese Information ist für die Lösung des Problems vergleichsweise unbedeutend. Als Biedermann schließlich auf dem Etikett, das Schmitz ihm sogar zeigt (vgl. S. 31), „Benzin!?" (S. 32) liest, zieht er noch immer nicht die überfällige Konsequenz, sondern reagiert mit belanglosen rhetorischen Fragen – „Ist das wahr, meine Herren, ist das wahr?", „Wofür halten Sie mich eigentlich?", „Glauben Sie eigentlich, ich kann nicht lesen?", „Was ist in diesen Fässern?" (S. 32) Selbst nachdem er das Benzin gerochen hat und die Brandstifter ihm zweimal Benzin als Inhalt der Fässer bestätigt haben, setzt er die ergebnislose Erörterung der Situation fort. Dabei schlägt er zwar einen scharfen Ton wie ein *„Untersuchungsrichter"* (S. 32) an, redet inhaltlich aber weiterhin am Kernproblem vorbei. Seine Fragen kreisen um Offensichtliches und Belangloses: „Ist das Benzin oder ist das kein Benzin?" (S. 32) und „Sind Sie eigentlich wahnsinnig? [...] Und das, meine Herren, in dieser Zeit, wo man in jeder Zeitung, die man aufschlägt, gewarnt wird. Was denken Sie sich eigentlich?" (S. 33) In der Summe wirkt Biedermanns Gesprächsverhalten wie eine desorientierte, ziellose Flucht von Frage zu Frage. Seine zahlreichen Nachfragen sollen streng und unerbittlich wirken, offenbaren aber seine Hilflosigkeit, da sie sich in vielen Wiederholungen erschöpfen und keine Antworten der Brandstifter erzwingen.

Handlungsohnmacht Biedermanns

Zwar formuliert der Hausherr nach seinem „Ermittlungsgespräch" die klare Forderung „Wenn Sie diese Fässer nicht augenblicklich aus dem Hause schaffen, aber augenblicklich! sag ich –" (S. 33); aber der Gedankenstrich, mit dem seine Einlassung abrupt abbricht, signalisiert bereits wieder Unsicherheit und Unentschlossenheit. Schauspielerisch wäre es denkbar, gerade diesen Gedankenstrichen mit vielsagenden Gesten nervöser Ratlosigkeit darzustellen. Hierbei könnte es sich um ein hektisches Fuchteln mit erhobenem Zeigefinger handeln, wobei sich der gesamte Körper des Schauspielers in einer Mischung aus Zittern und Beben eher von den Brandstiftern entfernt als sie bestimmend offensiv anzugehen. Desgleichen wären hier auch Blicke vorstellbar, die gerade nicht die Kontrahenten fest fixieren, sondern sich immer wieder von ihnen abwenden. Letztlich sind es sogar die Brandstifter, die für Biedermann die Drohung zu Ende formulieren: „Dann rufen Sie die Polizei." (S. 33) Biedermann unterstreicht die Drohung mit der Polizei, verliert aber postwendend das Heft des Handelns, als die ins Spiel gebrachte Polizei in Person eines Polizisten tatsächlich auftritt.

Selbstmord Knechtlings

Der Polizist informiert Biedermann in Anwesenheit von Schmitz und Eisenring über den Selbstmord Knechtlings. Diese Information gibt den Brandstiftern ein moralisches Druckmittel gegen Biedermann in die Hand, dessen Mitverantwortung für das traurige Schicksal Knechtlings ihnen bekannt ist. Zusätzlich spitzt sich die Situation zu, als der Polizist seinen Blick auf die verdächtigen Fässer richtet. Aus Sorge, selbst des fahrlässigen Handelns verdächtigt zu werden, und vielleicht auch aus Angst vor dem Wissen der Brandstifter um seine moralische Mitverantwortung für den Selbstmord nimmt Biedermann seine zwielichtigen Mitbewohner mit einer faustdicken Lüge in Schutz. Die Fässer gibt er als Behälter für „Haarwasser" (S. 34) aus. Nunmehr gerät er endgültig in die Defensive: Der anfänglich aufrichtige Wille Biedermanns, mit dem beabsichtigten Rauswurf Schmitz' das Richtige zu entscheiden und umzusetzen, verkehrt sich in hilflose Verdrängung und mündet in eine eindeutige und bewusste Verdrehung von Wahrheit und Lüge, die Biedermann schließlich zum Mitwisser der zwielichtigen Umtriebe auf seinem Dachboden macht.

Erklärungsansätze des Chores

Wie schon zum Ende der ersten beiden Szenen beschließt der Chor auch die dritte Szene. Im Unterschied zu seinen vorausgegangenen Auftritten trägt er hier seinen Mahngesang nicht in einer unbestimmten Parallelwelt mit übergeordnetem Blick auf die Stadt und Biedermann vor, sondern agiert dialogisch mit Biedermann, und zwar an einem konkreten Ort der städtischen Lebenswirklichkeit, an der S-Bahn-Haltestelle. In seinem einleitenden Kommentar reflektiert der Chor die Herausforderung an den Menschen, die „Zeichen des Unheils" (S. 35) rechtzeitig zu erkennen, um sie als „Herr über manche Gefahr" (S. 35) auch bannen zu können. Unterstützung für diese Aufgabe findet der Mensch in den Wahrnehmungen seines „[a]ufmerkenden Geistes" (S. 35), behindert allerdings wird er durch seine Tendenz, Unangenehmes nicht wahrhaben zu wollen – „Was aber, wenn er nicht will?" (S. 35) –, und durch die Überflutung mit Informationsreizen: „Täglich beliefert mit Deutung,/Die ihm das eigene Sinnen erspart" (S. 35 f.). Die vielen Informationen aus den „Zeitungen" (S. 35) suggerieren den Bürgern das Gefühl, über alles umfassend informiert und permanent – „Täglich zum Frühstück" (S. 35) – auf dem Laufenden zu sein. Die Rundumversorgung mit journalistischen Informationen und Deutungen unterhöhlt das eigene Denken und wiegt den Bürger in trügerischer Sicherheit, denn er wähnt sich eigentlich über alles unterrichtet. Weiterhin lenkt sie die Aufmerksamkeit „[ü]ber ein fernes Ereignis" (S. 35) auf fremde, entfernte Vorgänge, die mit einem selbst und der eigenen Situation nichts zu tun haben. Dies hat zur Folge, dass die Menschen Gefahr laufen, das, „was eben geschieht/Unter dem eigenen Dach" (S. 36), zu verharmlosen und zu verkennen: „Ungern durchschaut er's denn sonst –" (S. 36) Zuletzt problematisiert der Chor die geschäftsmäßige Ordnung des Alltags, die mit ihrer routinierten Betriebsamkeit kritische Aufmerksamkeit neutralisieren und mögliche Bedenken betäuben kann.

Biedermanns Leugnung von Gefahr und Verantwortung

In der dialogischen Auseinandersetzung zwischen Chor und Biedermann enthüllt sich das Ausmaß von Biedermanns Verdrängungsmechanismen. Gegenüber denen, die den Finger in die Wunde legen – „Daß du sie duldest, die Fässer voll Brennstoff" (S. 37) –, stellt er sich zunächst durch seine Gegenfragen „Gedeutet?" und „Gedacht?" dumm: „Ich weiß wirklich nicht, was Sie wünschen." (S. 37) Jeglicher kritischen Erörterung der Situation in seinem Haus entzieht er sich, indem er sich mit den Aussagen „Ich kann denken, was ich will." (S. 37) und „schließlich und endlich bin ich der Hauseigentümer" (S. 37) hinter den bürgerlichen Rechten auf Meinungsfreiheit und Privatbesitz versteckt – ohne Rücksicht darauf, dass diese Rechte auch entsprechende Pflichten beinhalten. Zudem rechtfertigt er sich mit ethischen Allgemeinplätzen – ein „bißchen Vertrauen" und ein „bißchen guten Willen" –,

Biedermann und der Chor der Feuerwehrleute (Berliner Ensemble, 2002)

um nicht überall und „immer nur das Böse sehen" (S. 38) zu müssen. Mit der Binsenwahrheit „Nicht jeder Mensch ist ein Brandstifter." (S. 38) sucht er sich und den Chor zu beruhigen – im festen Wissen darum, dass eben diese mitmenschlich anmutende Binsenweisheit nicht auf seine konkrete Situation zutrifft.

Unglaubwürdige Selbstrechtfertigung Biedermanns

Wie brüchig und widersprüchlich seine Position ist, demonstriert er selbst mit dem eindrücklichen Verweis auf seine quälenden Sorgen der letzten Nacht: „Ich habe mir die allerschwersten Gedanken gemacht – auf den Tisch bin ich gestiegen, um zu horchen, und später sogar auf den Schrank, um mein Ohr an die Zimmerdecke zu legen." (S. 39) Er gibt nicht nur zu, dass er entgegen seiner wenige Momente zuvor ausgerufenen Feststellung „Ich kann nicht Angst haben die ganze Zeit!" (S. 38) vor Angst zergeht, sondern auch, dass er sehr wohl um die Gefahr weiß: „Ich bin ja nicht blöd. Benzin ist Benzin!" (S. 39) Schon wenige Sätze später leugnet er dieses Eingeständnis. „Also, meine Herren, ich rieche nichts ...", antwortet er auf den Verdacht des Chores: „Uns nämlich dünkte, es stinkt nach Benzin." (S. 40) Indem er zwischen Abstreiten und Eingeständnissen, mit denen er fast sentimental um Verständnis heischt, pendelt, verliert er jedwede Glaubwürdigkeit. Zusammenfassend bleibt festzuhalten: Biedermann ringt sich selbst im Zuge der ausdrücklichen Hinweise des Chores und eigener Erkenntnisse nicht zu einer konsequenten Haltung durch und zieht es schließlich vor, die Augen zu verschließen und zu verschwinden: *„Biedermann geht in Eile weg."* (S. 40)

Das „Beinahe"-Handeln Biedermanns

Wie wenig Entschlusskraft und Mut seinem Handeln innewohnen, zeigt ein groteskes Detail seiner Rechtfertigung: In der Nacht stand er nach eigenen Angaben kurz davor, die „beiden Halunken zu wecken und auf die Straße zu werfen – mitsamt ihren Fässern! – eigenhändig, rücksichtslos, mitten in der Nacht!" (S. 39). Um sich und seine Zuhörer seiner Absicht zu versichern, betont er, zu diesem Zweck sogar „schon draußen im Treppenhaus“ (S. 39) gestanden zu haben. Auf Nachfrage des Chores stellt sich heraus, dass die Umsetzung des großartig angekündigten Unterfangens letztlich daran scheiterte, dass seine Frau „fürchtete, daß ich mich erkälte“ (S. 39). Immerhin: Er war „drauf und dran“ (S. 39), wie er zweimal mit Nachdruck hervorhebt. Gehandelt hat er nicht und bereits der Hinweis seiner Frau auf die Kälte im Treppenhaus diente ihm als willkommene Ausflucht, um von seinem Plan abzusehen.

Entscheidungsfrage „Bürger – wohin!?“ (S. 40)

Der Chor führt Biedermanns Haltung auf das grundsätzliche Problem zurück, dass besondere Herausforderungen es auch verlangen, den eigenen Standpunkt kritisch zu überdenken und bisherige Handlungsmuster eventuell zu verändern. Genau dies aber verweigert Biedermann, der nichts kritisch reflektiert und nicht wahrhaben will, dass sein Umgang mit den Brandstiftern nicht zur Lösung des Problems, sondern zu dessen Verschärfung geführt hat. Mit seiner Kernfrage „Bürger – wohin!?“ (S. 40) hebt der Chor hervor, dass sich das Geschehen jetzt an einem Punkt befindet, der dringend wegweisender Entscheidungen und einschneidender Handlungskorrekturen bedarf: einer Kompetenz, die von dem Bürger, „[d]er die Verwandlungen scheut/Mehr als das Unheil“ (S. 40), nur schwer erwartet werden kann, womit der Chor auf ein schlimmes Ende des Geschehens vorausdeutet.

In diesem Zusammenhang erscheint die ganze Ohnmacht des Chores. Er sieht zwar drohende Gefahren aufziehen, aber er darf sich nicht anmaßen, „Richter zu sein über Bürger, die handeln“ (S. 37). Ebenso kommt es ihm nicht zu, die ‚Heiligkeit‘ von „Eigentum“ (S. 38) anzutasten, auch wenn das Eigentum Böses gebiert. Der Chor kann nicht verurteilen, nicht handeln und das Privateigentum nicht einmal im Ansatz kritisieren, selbst wenn von ihm große Gefahr für das Gemeinwohl droht.

Szene 4

Biedermanns Plan: Freundschaft mit den Brandstiftern

Die vierte Szene setzt mit einem kurzen Gespräch der Biedermanns über die zwielichtigen Gäste auf dem Dachboden ein. Ihr Gesprächsverhalten bestätigt zunächst einmal mehr die bereits in der zweiten Szene erkennbare Rollenverteilung: Gottlieb kommt von seinem Rechtsanwaltstermin (vgl. S. 37, S. 41) in die Stube. Babette folgt ihm. Er wirft Mantel und Mappe von sich und übergibt die Krawatte Babette, der er auch die Anweisung erteilt, eine Gans für das gemeinsame Abendessen zuzubereiten. Biedermann regelt die auswärtigen Geschäfte, trifft die wesentlichen Rahmenentscheidungen im Haus, die Babette, während sie folgsam die Kleidungsstücke ihres Mannes entgegennimmt (vgl. S. 41), wie selbstverständlich mitträgt und unter Rückgriff auf die Leistungen des Dienstmädchens umsetzt. Das sukzessive Ablegen bestimmter Kleidungsstücke dient nur auf den ersten Blick der Entkleidung; genauer betrachtet fällt auf, dass Babette sich mit ihrer Frage „Warum ziehst du die Krawatte aus, Gottlieb?“ (S. 41) darüber wundert. Im weiteren Verlauf – besonders in den Szenen 4 und 5 – stellt sich heraus, dass Gottlieb bewusst *„hemdärmelig“* (S. 41, vgl. auch S. 50) wirken will, um sich nicht durch einen gehobenen Kleidungsstil zu auffällig von den Brandstiftern abzuheben. Im Gegenteil: Sein Plan zielt darauf ab, die Brandstifter für sich einzunehmen: „Wenn ich hinaufgehe und sie einlade [...] Sind wir eben Freunde.“ (S. 41) Die Möglichkeit, gegen die Brandstifter ernsthaft vorzugehen, schließt er gegenüber Babette aus Angst, sich deren Zorn zuzuziehen, aus: „Wenn ich sie anzeige, die beiden Gesellen, dann weiß ich, daß ich sie zu meinen Feinden mache. Was hast du davon! Ein Streichholz genügt, und unser Haus steht in Flammen.“ (S. 41) Weder an dieser Stelle noch später hinterfragt er seine Strategie kritisch und stellt sich auch nicht die Frage nach der Wahrscheinlichkeit des Gelingens seines Vorhabens oder nach einer möglichen Alternative.

Biedermanns Werben um die Gunst Eisenrings

Die Eröffnung des Gesprächs mit den Brandstiftern gestaltet Biedermann in auffälligem Kontrast zur vorausgegangenen Szene 3, die am gleichen Ort mit fast dem gleichen Personal spielt, aber unter denkbar entgegengesetzten Kräfteverhältnissen. Biedermann katapultiert sich in Szene 4 nicht mehr polternd, fordernd und mit der Sicherheit bürgerlicher Besitzansprüche in die Mitte des Bühnenraums, sondern nähert sich sehr zurückhaltend dem Dachboden. Er gibt sich gleichermaßen höflich wie besorgt, was sich zum Beispiel darin zeigt, dass er seinen Gästen die Nutzung seines privaten Badezimmers (vgl. S. 42) anbietet. Damit breitet sich der Einfluss der Brandstifter im Haus sogar bis in die sehr intime Räumlichkeit der sanitären Einrichtung aus.

Deutung der Warnhinweise als Scherze

Biedermanns Absicht, nach der Falschaussage vor dem Polizisten um jeden Preis die Sympathien der mutmaßlichen Brandstifter zu gewinnen, um sich von ihnen zukünftig verschont zu wissen, lässt ihn jedweden augenfälligen Beweis für die Falschheit der Brandstifter und seiner Strategie ihnen gegenüber verdrängen. Alle Komponenten einer geplanten Brandstiftung in seinem Haus sieht er mit eigenen Augen oder er hört, wie seine undurchsichtigen Gäste davon reden: Trotzdem zieht er daraus keine Konsequenzen. Eisenrings Hinweis auf dessen kriminelle Karriere ignoriert er ebenso wie Zündkapseln und Benzingestank.

Allen Hinweisen begegnet Biedermann, indem er sie als schlechte Scherze und eigentümliche Varianten von Humor abzuschwächen sucht. Seine Deutungsweise behält er bis zum Ende des Stückes bei und das, obwohl ihm Eisenring den Scherz als ausdrückliches Instrument der Tarnung des Verbrechens auseinandersetzt. Diesen Hinweis berücksichtigt Biedermann ebenso wenig in seiner Taktik wie Eisenrings Zugeständnis, dass die „blanke und nackte Wahrheit" die „beste und sicherste Tarnung" (S. 43) sei.

Hinweise auf Brandstiftung und Reaktionen Biedermanns

Aktion Eisenrings	Biedermanns Reaktion
Schmitz soll Holzwolle holen.	höfliches Lachen
Eisenring sucht Zündkapseln.	keine Reaktion
Eisenring antwortet nicht auf Biedermanns Frage, ob er Brandstifter sei.	Verweis auf Humor und eine eigentümliche „Art zu scherzen" (S. 43)
Eisenring benennt Scherz als „Tarnung" (S. 43).	keine Reaktion
Eisenring äußert seinen Unmut über die ausbleibende Holzwolle.	keine Reaktion
Eisenring rät Biedermann vom Rauchen ab.	Erschrecken und Löschen der Zigarre
Eisenring zeigt Biedermann Zündkapsel und Zündschnur.	Biedermann hält die Zündschnur und deutet alles als Scherz und Humor.
Biedermann setzt sich auf ein Benzinfass und wird bleich, was Eisenring ausdrücklich auf den „Benzingeruch" (S. 46) zurückführt.	Biedermann bedankt sich dafür, dass Eisenring für frische Luft sorgt.

Vor Biedermann breitet sich offenkundig das gesamte Spektrum eines böswilligen, vorsätzlichen Verbrechens aus. Er will nicht wahrhaben, was offensichtlich ist, weil er sich mit Gedeih und Verderb seiner Strategie der Anbiederung verschrieben hat. Keinesfalls möchte er den Brandstiftern Anlass dazu geben, ihre Aggressionen gegen ihn zu richten. Darauf zielen all sein Handeln und Hoffen. Das Verhalten Biedermanns legt ein Verhaltensmuster offen, bei dem sich die handelnde Person kategorisch einem einzigen Vorgehen verschreibt, ohne Rücksicht auf etwaige Alternativen und selbstkritische Rückfragen.

Anbiederung in Kleidung und politischen Parolen

Entsprechend seinem Auftritt im Wirtshaus (vgl. S. 12) zählt auch für die Taktik Biedermanns gegenüber den Brandstiftern in der Hauptsache der Schein und damit die Frage: Welches Bild von mir vermittle ich den anderen? Für Biedermann ist die Antwort klar: Er will von sich ein Bild zeichnen, mit dem er sich vermeintlich leicht den Gästen, die er eher einfachen Verhältnissen zuordnet, annähern kann. Dazu zählt, dass er sich ab Szene 4 durch seine Kleidung, sein hemdsärmlig-burschikoses Auftreten mit *„Zigarre in der Hand"* (S. 41) und durch übertriebenes Entgegenkommen oberflächlich Schmitz und Eisenring angleichen will. Ideologisch biedert er sich den Brandstiftern an, indem er versucht, von sich den Eindruck eines überzeugten Fürsprechers der klassenfreien Gesellschaft zu vermitteln. Im von ihm beschworenen Idealzustand eines sozialen Friedens zwischen Arm und Reich zählt nur, dass alle Menschen „Geschöpfe eines gleichen Schöpfers" und „Menschen aus Fleisch und Blut" (S. 44) sind. Für rückständig und falsch hält er es demnach, dass „man gerade in den unteren Klassen immer noch von Klassenunterschied schwatzt" (S. 44). Kein Wort dazu, dass gerade die unteren Schichten am meisten von der ungleichen Verteilung des Wohlstands betroffen sind. Als Universalrezept zur Verwirklichung von Ruhe und Frieden für alle braucht es ihm zufolge nur ein „bißchen guten Willen, Herrgottnochmal, ein bißchen Idealismus" (S. 44 f.).

Soziale Sprüche statt sozialen Handelns

Ungeachtet der Tatsache, dass Eisenring offenkundig kein Interesse an Biedermanns Ausführungen zeigt und auch andeutet, durchaus auf einen gehobenen sozialen und kulturellen Hintergrund zurückblicken zu können (vgl. S. 43), wirkt seine Darstellung unglaubwürdig. Aus der Perspektive des Besitzenden schwadroniert Gottlieb von einem friedlichen Miteinander der sozialen Gruppen, ohne darauf einzugehen, dass die ungleiche Güter- und Wohlstandsverteilung den gesellschaftlichen Ausgleich behindert. Infolgedessen bleibt sein soziales Schwärmen inhaltsleer. Dass er selbst die Ansprüche seines in bescheidenen Umständen lebenden (vgl. S. 16) Angestellten Knechtling auf Teilhabe am Wohlstand hartherzig zurückgewiesen hat, entlarvt seinen leidenschaftlich vorgetragenen Idealismus als Phrasendrescherei.

Der Widerspruch zwischen humanistischen Formeln und ökonomischer Realität wird durch den Auftritt der schwarz gekleideten Witwe Knechtling (vgl. S. 43) bühnenwirksam deutlich. Die Präsenz der stummen Witwe ruft zum einen Biedermanns Verantwortung für Knechtlings Schicksal in Erinnerung und entlarvt zum anderen die menschenfreundlichen Thesen Gottliebs als vordergründige Floskeln und verlogenes Wortgeklingel. Zudem signalisiert sie mit ihren Attributen – schwarze Kleidung, Stummheit – symbolisch eine Todesnähe in direkter Umgebung Biedermanns.

Zigarrenmotiv als Signal für Biedermanns wachsende Ohnmacht

Auch hier kommt das Zigarrenmotiv zur Geltung. Anfänglich nutzt Biedermann die Zigarre, um den Eindruck einer entspannten, selbstsicheren Jovialität zu erwecken. Schließlich möchte er gegenüber den Brandstiftern gleichermaßen selbstbewusst und gelöst auftreten, um seine Ängste zu überspielen. Nur kurze Zeit später aber lässt sich gerade an der Zigarre erkennen, wie sehr sich die Kräfteverhältnisse im Hause Biedermann verschoben haben. Eisenring rät Biedermann: „Sie sollten hier nicht rauchen." Der Angesprochene *„erschrickt und löscht die Zigarre"* (S. 45). Eisenring gibt den Ton an und Biedermann folgt ohne Widerspruch, ohne Einspruch, ohne Reflexion. Nahezu süffisant betont Eisenring: „Ich habe Ihnen hier keine Vorschriften zu machen, Herr Biedermann, schließlich und endlich ist es Ihr eigenes Haus, aber Sie verstehen –" (S. 45) Mit dieser Bemerkung führt er Biedermann geradezu vor, denn der Hausbesitzer hat Kontrolle wie Übersicht in seinem Haus fast vollständig verloren. Gleichwohl erinnert der Verweis Eisenrings auf die Besitzverhältnisse unmissverständlich daran, dass Biedermann nach wie vor in der Verantwortung für sein Haus steht. Genau diese Verantwortung wahrzunehmen hieße aber, die Vorbereitung der Brandstiftung auf dem eigenen Dachboden sofort zu unterbinden, statt ihr reaktionslos beizuwohnen. Dazu aber fehlen Biedermann Mut und Entschlusskraft.

Dr. phil. – der dritte Brandstifter

Nach Biedermanns Abgang tritt ein dritter Brandstifter auf, der *„stumm und ernst"* (S. 48) auf der Bühne agiert. Die von Biedermann unbemerkte Anwesenheit des Dr. phil. auf seinem Dachboden demonstriert augenfällig den Kontrollverlust der Biedermanns in ihrem Haus, da die Brandstifter offensichtlich ohne Probleme einen weiteren Kumpan hinter Biedermanns Rücken einquartieren konnten. Von Eisenring wird er mit „Doktor" und „Akademiker" (S. 48) angesprochen.

Typen statt Charaktere

Seine Namenlosigkeit unterstreicht, was für alle Figuren des Stückes gilt: Ihnen fehlen entscheidende Merkmale von Individualität und Persönlichkeit. Außer der allgegenwärtigen Brandstiftungshysterie und einem punktuellen Nervenzusammenbruch Annas entbehren die Akteure jedweder Gefühlsregung. Als *Typen* repräsentieren sie keine individuellen Charaktere, sondern Verhaltensweisen größerer gesellschaftlicher Gruppen. Knechtling und Anna stehen für die Lohnerwerbsabhängigkeit der Angestellten, Biedermann für die Profitsicherungsstrategie des Unternehmers, das Ehepaar Biedermann für die bürgerliche Vorstellung der ehelich geordneten Geschlechterbeziehung, Babette für den weitgehend naiven Konsum von Komfort. Schmitz und Eisenring repräsentieren die bösartige Kaltschnäuzigkeit Krimineller und der Dr. phil. den trügerischen Idealismus intellektueller Weltverbesserer, die nach dem Motto handeln: „Der Zweck heiligt die Mittel.“ Alle Figuren im Drama „Biedermann und die Brandstifter“ verweisen als Beispielfiguren auf grundsätzliche gesellschaftliche Verhaltensschemata.

Dr. phil. als Weltverbesserer

Der Dr. phil. erweist sich als ein politischer Überzeugungstäter, der die Brandstiftung als Kampfansage an die ungerechten Verhältnisse der Welt sieht. Dafür finden sich im Text zwei Belege: Zunächst bezeichnet Eisenring seinen akademischen Mitstreiter abfällig als „Weltverbesserer“ (S. 48). Zudem beschreibt der Chor den Dr. phil. zum Ende der vierten Szene als Idealisten: „Putzend die Brille, um Weitsicht zu haben,/Sieht er in Fässern voll Brennstoff/Nicht Brennstoff –/Er nämlich sieht die Idee!“ (S. 49) Der Chor attestiert dem Doktor das Bestreben, seine Umwelt analytisch ergründen zu wollen, und bescheinigt ihm als Motivation für die kriminelle Brandstiftung die Verwirklichung seiner Ideale. Nach Einschätzung des Chores rechtfertigt er sein Handeln damit, das „Gute“ (S. 49) nur durch handfeste Taten erreichen zu können. Mit dieser Einstellung unterscheidet sich der Doktor von Schmitz und Eisenring. Diese legen Brände aus böswilliger Freude „an Feuersbrünsten, an Funken und prasselnden Flammen, an Sirenen, die immer zu spät sind, an Hundegebell und Rauch und Menschengeschrei“ (S. 48).

Witwe und Glocken als Alarmsignale

Eingeleitet wird die Szene mit dem Glockenmotiv und der fortgesetzten Anwesenheit der Witwe Knechtling: *„Die Witwe Knechtling ist noch immer da, sie steht. Man hört das Glockengeläute sehr laut."* (S. 50) Die Witwe wirkt wie ein bleibendes Mahnmal in Figurenform, weil sie gleich einer Statue lautlos, schwarz gekleidet (vgl. S. 43f.) in der Hektik verharrt, die Biedermann mit der Vorbereitung der Stube für das Abendessen verbreitet. Parallel zur noch immer anwesenden schweigenden Witwe verstärkt das laute Glockengeläut den Eindruck größter Gefahr. Dieser gegenbildliche Verweisungsbezug von stummer Mahnung durch die Witwe und ohrenbetäubender Alarmstimmung wegen der Glocken hebt mit seinen eindringlichen Todessymbolen (Witwe, Trauerkleidung, Glocken) die Größe der Gefahr, in der sich die Biedermanns und die gesamte Stadt befinden, hervor. Aber entsprechend seinem Verhaltensmuster in den vorausgegangenen Szenen reagiert Gottlieb auch hier mit Verdrängung und Ignoranz. Die Witwe verweist er barsch an seinen Rechtsanwalt (vgl. S. 50) und entzieht sich damit einmal mehr der Auseinandersetzung mit seiner Verantwortung für Leben und Tod Knechtlings. Ob des alarmierenden Geläuts befiehlt er Anna: „Man hört ja seine eigne Stimme nicht, Anna, machen Sie das Fenster zu!" (S. 50)

Grabkranz als Todessymbol

Kurze Zeit später verstärkt sich die Wirkung der Todessymbolik, indem sich Biedermann mit dem falsch gelieferten Grabkranz für Knechtlings Beerdigung beschäftigen muss: Der Kranz wurde an die Biedermanns geschickt und die Rechnung an die Witwe statt umgekehrt. Pikanter Höhepunkt mit hoher Symbolkraft ist die Verwechslung der Beschriftung: „UNSEREM UNVERGESSLICHEN GOTTLIEB BIEDERMANN" (S. 52) steht auf der Schleife. Doch selbst dieser kuriose Fingerzeig des Schicksals stimmt Biedermann keineswegs nachdenklich. Er reagiert wie gewohnt mit Verdrängung: „Das nehmen wir nicht an. Kommt nicht in Frage!" (S. 52)

Schein statt Sein

Die markante Einleitung präsentiert Biedermann einmal mehr als einen Menschen, der sich kaltschnäuzig jedem kritischen Blick auf sein Handeln und Reden verweigert. Ein solcher Blick würde Ehrlichkeit und Aufrichtigkeit erfordern. Wie sehr ihm beides fehlt, kommt in seiner herrischen, geradezu hysterischen Zurechtweisung Annas sinnfällig zum Ausdruck. „Was macht das für einen Eindruck!" (S. 50), schnauzt er seine Hausangestellte an und umschreibt mit dieser Aussage unmissverständlich seine Handlungsmaxime: Es geht nicht um eine ehrliche Einschätzung und Selbstdarstellung, sondern um den Eindruck, den man hinterlässt und an dem man fortwährend arbeiten muss. Wie im gesamten Text steht auch in dieser Szene der Schein im Vordergrund: Wie wirke ich auf andere, was können/sollen/müssen sie von mir denken? Mit dem Ziel, Schmitz und Eisenring zu seinem Schutz als Freunde zu gewinnen, versteckt er seinen bürgerlichen Status, der sich zum Beispiel in kostspieliger Inneneinrichtung manifestiert. So befiehlt er Anna, jegliche Dekoration, die als „Protzerei" (S. 50) gedeutet werden könnte, zu entfernen. Er glaubt, mit einfach-rustikaler Heimeligkeit die Gunst der Brandstifter zu erheischen, deren Geschmack und Gepflogenheiten er eher für ziemlich ordinär hält. Um nicht arrogant und dünkelhaft zu wirken, will er das Abendessen „[s]chlicht und gemütlich" anbieten, damit sich die beiden „wie zu Haus fühlen" (S. 50).

Biedermanns Lüge vom einfachen Leben

Den Eindruck, den er durch seine neue Schlichtheit erwecken will und den er als Leitlinie für diesen Abend ausgibt, ist der eines einfachen, bescheidenen, anspruchslosen Bürgers: Als solcher trägt er seine „älteste Hausjacke" (S. 50) und möchte auf seine Gäste, die er sozial in unteren Gesellschaftsschichten verortet, nicht mit „Silber und Kristall" (S. 50) überheblich und angeberisch wirken. Mit seiner politischen Phrase „Nur keine Klassenunterschiede!" (S. 51) erklärt er gesellschaftliche und lebensweltliche Einfachheit zum programmatischen Ziel für diesen Abend. Im Zuge seiner Absicht, seine durchaus luxuriöse Lebensführung abrupt zu verschleiern und durch das Abendessen eine Atmosphäre vorurteilsfreier, leutseliger Offenherzigkeit zu konstruieren, steigert er sich in eine geradezu rauschhafte Verherrlichung des einfachen Lebensstiles hinein. Dieser Rausch gipfelt schließlich darin, dass er die „neue" Einfachheit der Wohnstube in den Rang des Biblischen erhebt: „Ein hölzerner Tisch, nichts weiter, wie beim Abendmahl." (S. 52)

Verdorbenes Sprechen Biedermanns

Ebenso wie die Vergöttlichung seiner nunmehr auf Anspruchslosigkeit getrimmten Inneneinrichtung wirkt es auch maßlos übertrieben und deplatziert, wenn er die Bedeutung von Menschlichkeit beschwört: „Was wir brauchen, das ist Menschlichkeit, Brüderlichkeit." (S. 51) Die Beschwörung hehrer humanistischer Ziele und die biblischen Anleihen können nicht über den falschen Schein seiner Parolen hinwegtäuschen, weil sein gesamtes Handeln sein Reden als verlogen, verdorben und aufgesetzt enttarnt. Dies zeigt sich erstens daran, dass er kurz zuvor die hilflose Witwe abgewiesen hat – ein schallender Hinweis auf seine Charakterlosigkeit, ruft doch dieses Verhalten die Erinnerung an das ritterliche Ideal, „Witwen und Waisen" helfen zu sollen, wach. Zweitens offenbart sich Biedermanns Unaufrichtigkeit darin, dass er von Abendmahl und Menschlichkeit schwadroniert, während er Anna mit Kommandos torpediert, was schon typografisch an den vielen Ausrufezeichen hinter seinen Anweisungen sichtbar wird. Und drittens deckt der Widerspruch zwischen Biedermanns Losungen zur Einfachheit und Annas Hinweisen auf etliche Gegenstände seines Alltagsluxus die Verstellung seines Verhaltens auf:

Die Falschheit in Biedermanns Sprechen

Biedermanns Kommandos	Annas Erwiderungen
„Was sollen diese idiotischen Kandelaber!" (S. 50)	„Haben wir aber immer, Herr Biedermann." (S. 50)
„Silber! [...] Haben wir das immer?" (S. 51)	„Das braucht man doch, Herr Biedermann." (S. 51)
„Damast!" (S. 51)	„Wir haben keine andern." (S. 51)
„Sie kommen herein, ohne zu klopfen, einfach herein und stellen die Pfanne einfach auf den Tisch –" (S. 52)	„Die Pfanne? [...] Herr Biedermann meinen, ich soll die Gans einfach in der Pfanne bringen?" (S. 52)

Alle Hinweise Annas auf seinen sonstigen Lebensstandard verwirft er herrisch, wodurch er seine Glaubwürdigkeit verliert und sich der Lächerlichkeit preisgibt. Insgesamt offenbart er sich als hohler Sprücheklopfer, der nicht offen zu dem steht, was er ist und denkt und will. Im Gegenteil: Seine Handlungsmaxime beruht darauf, je nach Gesprächspartner und -situation ein Bild von sich zu präsentieren, nicht aber sich selbst. Indem die fünfte Szene die Verstellung Biedermanns in äußerster Zuspitzung karikiert, demonstriert sie auch die Konstruktion falscher verzerrter Selbst- und Fremdbilder als Grund eines misslingenden zwischenmenschlichen Miteinanders.

Publikumsansprache Biedermanns

Die Szene schließt anders als die vorausgegangenen Szenen nicht mit einem Chor-Auftritt, sondern mit der Publikumsansprache Biedermanns. Die Biedermann-Figur verlässt den engen Rahmen der durch die Rolle definierten Kommunikation mit den anderen Figuren des Stückes und kommuniziert über die Bühnengrenzen hinweg mit dem Publikum.

Widersprüchliche Rechtfertigung Biedermanns

Wie schon bei Babette in den Szenen 1 und 4 zielt das Mittel der Publikumsansprache darauf ab, die Aufmerksamkeit des Publikums zu steigern, indem es unmittelbar einbezogen und mit den Fragen bzw. Zweifeln einzelner Figuren konfrontiert wird. Nicht nur dramenstrukturell, sondern auch inhaltlich lässt Gottliebs Ansprache an das Publikum aufmerken, weil er selbst darin sein gesamtes widersprüchliches und inkonsequentes Verhalten offenlegt. So gesteht er einerseits offen, gleich zu Beginn einen „Verdacht" (S. 53) gehabt zu haben und nunmehr zu wissen, dass er Brandstifter beherbergt: „Hand aufs Herz: Seit wann (genau) wissen Sie, meine Herren, daß es Brandstifter sind?" (S. 53) Andererseits rechtfertigt er weiterhin seine Strategie des freundlichen Anbiederns, um die Verbrecher für sich zu gewinnen und von Verbrechen abzulenken: „Solange sie grölen und saufen, tun sie nichts anderes" (S. 53). Biedermann verlässt mithin zwar den Rahmen der Spielhandlung und tritt formal aus seiner Rolle heraus, aber er vertritt dennoch konsequent seine Entscheidungen aus den Szenen 1 bis 4. Es ist also nicht die Figur selbst, die gelernt hat und aus diesem Lernprozess Konsequenzen zieht, sondern es ist das Publikum, das hier mit den Fehlern und Fehleinschätzungen der Hauptfigur konfrontiert wird. Diese Konfrontation soll einen produktiven Denkprozess über das Verhalten Biedermanns auslösen.

Szene 6

Biedermanns Entwicklung zum Täter

In Szene 6 wird das von Biedermann angesetzte Abendessen als Freundschaftsmahl inszeniert. Während des Mahls vollzieht Biedermann den krönenden Abschluss seiner Unterwerfung und Anbiederung: Erstens ignoriert er konsequent Hinweise auf die bevorstehende Brandstiftung und möchte um jeden Preis nicht als Spießer, sondern als Freund gesehen werden. Zweitens steigert er sich in eine kaum fassbare kindische Albernheit, mit der er den Ernst der Bedrohung und seine Angst davor zu überspielen sucht. Drittens schließlich händigt er selbst den Brandstiftern Streichhölzer als „Zeichen des Vertrauens" (S. 66) aus und schließt damit seine kriminelle Entwicklung vom Mitläufer über den Mitwisser zum Mittäter ab.

Biedermanns gutbürgerliche Karriere als Krimineller

Mittäter:
Hilfe bei der Vorbereitung der Brandstiftung (Szene 4)

Übergabe von Brandentzündern (Szene 6)

↑

Mitwisser:
Entdecken der Fässer (Szene 3)

Verschleierung des Inhalts der Fässer vor der Polizei: Strafvereitelung (Szene 3)

↑

Mitläufer:
Beherbergung Fremder (Szene 1)

Verdrängung von Verdachtsmomenten

Ignoranz gegenüber den Bedenken des Chores

Gespielte Leutseligkeit Biedermanns

Von Beginn an dominiert Biedermanns Verlangen danach, eine stimmungsvolle Atmosphäre kumpelhaften Miteinanders zwischen sich und den Brandstiftern zu schaffen, die Szene. Diesem Verlangen verleiht Biedermann durch ein großzügiges und anhaltendes Angebot an Alkoholika Nachdruck, was sich in vielen Regieanweisungen zur Gestik zeigt. Mit *„den Flaschen im Arm"* (S. 54) eröffnet er die Szene, danach stellt er *„die Flasche auf den Tisch"* (S. 54) und *„entkorkt die Flasche"* (S. 54), *„füllt die Gläser"* (S. 55) und stößt auf die zur Schau gestellte „Freundschaft" (S. 55) an. Mit der konsequenten Deutung aller verdächtigen Indizien als Scherze setzt er seine Verdrängungstaktik aus Szene 4 fort – in der vergeblichen Hoffnung, es möge auch beim Scherz bleiben. Er kann *„sich von dem Witz, der gefallen ist, nicht mehr erholen"* (S. 54), wirft seiner Frau mangelnden Humor vor (vgl. S. 54) und ruft sie dazu auf, sich nicht „foppen" (S. 55) zu lassen, denn er schlussfolgert: „andere Kreise, andere Witze!" (S. 55). Mehrfach bittet er die Brandstifter, den „Spaß beiseite" (S. 64) zu lassen und: „Scherzen wir nicht länger über Brandstifterei." (S. 65)

Scheitern von Biedermanns sozialer Anbiederung

Im weiteren Verlauf des Mahls stellt sich heraus, dass Biedermanns Taktieren mit vermuteten Rollenbildern von Anfang an nicht nur unehrlich, sondern auch wirkungslos war. Er ist davon ausgegangen, es bei Schmitz und Eisenring mit Angehörigen der unteren Gesellschaftsschichten zu tun zu haben. Infolgedessen hat er alles daran gesetzt, den Kontakt zu ihnen sehr burschikos und leutselig auszugestalten (vgl. S. 50–53). Doch bereits in der vierten Szene deutet Eisenring an, dass diese Einschätzung zwar für Schmitz, nicht aber für ihn zutreffen mag, da er, bedingt durch sein Elternhaus und seine berufliche Ausbildung (vgl. S. 43), auf eine gewisse Allgemeinbildung und entsprechende Umgangsformen zurückgreifen kann.

Diesen Widerspruch zwischen seinen tatsächlichen Kompetenzen und Biedermanns Fehleinschätzung kostet Eisenring während des Mahls genussvoll aus, indem er die Biedermanns darum bittet, die Tafel festlicher zu decken und mit allerlei Luxusattributen auszustatten. Extrem komisch wirkt dies, weil die von ihm gewünschten Dekorationsgegenstände wie zum Beispiel das Tischtuch aus „Damast mit Silber drauf" (S. 55), die „Messerbänklein" (S. 56) und die „Servietten" (S. 56) allesamt in der Szene zuvor auf Biedermanns Geheiß im Zuge seiner Anbiederungsstrategie abgeräumt wurden und nunmehr mit derselben befehlshaberischen Entschlossenheit von ihm zurückverlangt werden:

„Anna, bringen Sie sofort ein Tischtuch!" (S. 56) Die Servietten und silbernen Messerbänklein schreit er geradezu herbei: „Her damit!" (S. 56)
Die Absurdität von Biedermanns Meinungsumschwung erzielt zwar komische Effekte, entbehrt aber jedweder logischen Nachvollziehbarkeit, wie es sich an Annas hysterischem Zusammenbruch zeigt. Sie kennt die taktischen Absichten ihres Arbeitgebers nicht und *„bricht in Heulen aus, dreht sich und läuft weg"* (S. 57).

„Jedermann"-Parodie

Einen weiteren Höhepunkt der Szene bildet das dramatische *Spiel im Spiel.* Vor dem Hintergrund oberflächlicher, alkoholgeschwängerter Partystimmung präsentiert Schmitz auf Eisenrings Anregung hin eine kurze szenische Darbietung, da er eine Woche beim „Theater" gearbeitet hat, bevor es „niedergebrannt" (S. 61) ist. Mit dem Tischtuch über dem Kopf deklamiert er „JEDERMANN! JEDERMANN!" (S. 61) und spielt auf Hugo von Hofmannsthals Mysterienspiel „Jedermann. Das Spiel vom Sterben des reichen Mannes" (Uraufführung 1911) an.

„Spiel im Spiel" im Drama „Biedermann und die Brandstifter"

Eine Figur aus dem Stück „Biedermann und die Brandstifter" spielt einen Auszug aus Hofmannsthals Theaterstück „Jedermann".

Figuren spielen das Stück „Biedermann und die Brandstifter" auf der Bühne.

Publikum

sieht das „Biedermann"-Spiel und das „Jedermann"-Spiel.

In treffendem Wortwitz ändert Schmitz die Rufe aus dem Jenseits in „BIEDERMANN! BIEDERMANN!" ab und kombiniert schließlich zwei thematisch und phonetisch verwandte Begriffe: „JEDERMANN! BIEDERMANN!" (S. 61)

Parallelen zwischen Biedermann und Jedermann

Neben der Klangparallele verweisen beide Ausdrücke auf Verhaltens- und Denkmuster von Durchschnittsmenschen. Zudem werden hier zwei Werktitel miteinander in Beziehung gesetzt, die mehrere inhaltliche Parallelen aufweisen. Hofmannsthals „Jedermann" und Frischs „Biedermann" thematisieren existenzielle Grundbefindlichkeiten unseres Lebens mit dem Ziel, Situationen und Verhaltensschemata auf die Bühne zu bringen, die im Grundsatz alle Menschen betreffen: Jedermanns Konfrontation mit dem Tod, seine unbarmherzige Profitgier, seine Gewissensbisse, sein endzeitlicher Überlebenskampf angesichts seiner drohenden Verbannung in die Hölle lassen sich ebenso zu einem Charaktertypus zusammenfassen wie Biedermanns fortgesetzter Selbstbetrug und seine Verdrängung bestehender Risiken. Als Parallelen zwischen den Protagonisten fällt auf, dass sie ihr diesseitiges Leben vergleichsweise unbeschwert führen: Beide leben in Wohlstand, den sie nur ungern teilen und den sie vor berechtigten moralischen Ansprüchen Dritter schützen. Beide sehen nicht, dass ihr irdisches Wohlergehen jederzeit gefährdet werden kann durch Zerstörung, Tod und Katastrophe. Sie verschließen ihre Augen vor der Hinfälligkeit und Vergänglichkeit irdischer Existenz. Im Unterschied zu Biedermann bekehrt sich Jedermann angesichts der Angst vor der drohenden Höllenstrafe. Jedermann und Biedermann repräsentieren als Theaterfiguren ureigene menschliche Handlungs- und Denkmuster, die vor dem Hintergrund extremer Herausforderungen in einem Kampf um Leben und Tod gipfeln. Sie werfen Fragen auf, die für **jeden** Mann und **jede** Frau von größter Bedeutung sind: die Frage nach dem Sinn und Ziel des Lebens, die Frage nach einem möglichen Jenseits, die Frage nach einer anständigen und aufrichtigen Lebensführung, die Frage nach dem eigenen Gewissen, die Frage nach dem Umgang mit Tod und Sterblichkeit.

Knechtlings Geist als Gewissensschock

Obwohl die Biedermanns das Stück nach eigenem Bekunden kennen – sie haben es „in Salzburg gesehen" (S. 61) –, erschließt sich ihnen keine Parallele zu ihrer Situation. In oberflächlicher und vorgetäuschter Vergnügtheit nehmen sie an dem Spektakel teil. Erst als Schmitz unbedachter Weise mit seinem Ausruf „ICH BIN DER GEIST – VON KNECHTLING" (S. 62) seine Parodie überstrapaziert, droht die Situation außer Kontrolle zu geraten: *„Babette springt auf und schreit."* und *„hält ihre Hände vors Gesicht"* (S. 62); Biedermann „zittert" (S. 63) und Eisenring merkt, dass hier eine kritische Marke übersprungen wurde, was dazu führen könnte, die Biedermanns aus ihrem Freundschaftstaumel mit den Brandstiftern zu reißen. Die Anspielung auf Biedermanns Schuld und schlechtes Gewissen könnte das Ehepaar derart erschüttern, dass es sich seines falschen Verhaltens gegenüber den Brandstiftern bewusst werden würde. Sofort schreitet Eisenring ein: Er beruhigt Babette („Madame, er ist es nicht!", S. 62), beschimpft Schmitz („Ein Idiot bist du! [...] Wie kannst du so geschmacklos sein?", S. 62) und beschwichtigt Biedermann, indem er ihm die größtmögliche Fürsorge für Knechtling bescheinigt: „Knechtling hat sich unter den Gasherd gelegt, nachdem unser Gottlieb getan hat, was er konnte, für diesen Knechtling." (S. 63) Die Chance einer durch den schockierenden Appell an das eigene Gewissen ausgelösten kritischen Selbstbesinnung nutzt Biedermann nicht. Im Gegenteil: In gewohnter Weise, bestens gefeit gegen jeden Anflug von Selbstzweifel und Kritik, bemüht sich Gottlieb unmittelbar nach dem Eklat, mit dem Anbieten von Zigarren (vgl. S. 63) und kurz darauf mit albernem Gesinge zur Tagesordnung überzugehen.

Biedermanns Beihilfe zur Brandstiftung

Das Festmenü gipfelt in einem furiosen Finale des geradezu verzweifelten Werbens Biedermanns um die Freundschaft der Brandstifter. Zum Ende hin häufen sich die einschlägigen Bekenntnisse der Brandstifter und dementsprechend wächst auch die umtriebige Geschäftigkeit Gottliebs, in der er Schmitz und Eisenring zum feucht-fröhlichen Verweilen (vgl. S. 64), zum Brudertrunk (vgl. S. 66) und zur gegenseitigen Vertrauensbildung (vgl. S. 65) überreden will. Der um einen Freundschaftsbeweis buhlende Biedermann steigert sich derart in die Hoffnung, durch Wohlverhalten gegenüber den Brandstiftern von deren zerstörerischem Werk verschont zu bleiben, dass er ihnen als Beweis seines freundschaftlichen Vertrauens sogar Streichhölzer übergibt (vgl. S. 66, S. 68). Den mutmaßlichen Brandstiftern damit einen Brandentzünder überlassen zu haben, verharmlost er zum Ende der Szene gegenüber sich und seiner Frau: Mit der Verniedlichungsform „Babettchen, Babettchen" (S. 68) spielt er ihre kritischen Anfragen herunter. Selbst angesichts des drohenden Untergangs, der mit *„Sirenen"* und *„Sturmglocken"* (S. 67) augenscheinlich angekündigt wird, stellt er seine Taktik nicht infrage.

Die letzte Chance: Dr. phil.

Die konsequente Verdrängung der selbst mitverschuldeten Gefahr wird auch in der hilflosen Reaktion auf den Auftritt des Dr. phil. deutlich. Mehrfach versucht der Akademiker erfolglos, Biedermann zu warnen, bevor er sich schließlich durch das Verlesen einer Denkschrift Geltung auf der Bühne, aber kein Gehör verschafft. Große Teile seiner Rede gehen im Brandlärm unter, sodass man *„kein Wort versteht"* (S. 67). Die Katastrophe hält er ebenso wenig auf, wie er auf Gottlieb Biedermann Einfluss nehmen kann.

Abgesang des Chores auf die Unvernunft des Menschen

Seinen endgültigen Abschluss findet das Stück im Abgesang des Chores auf menschliche Unvernunft, die den lange absehbaren „Blödsinn" (S. 69) hervorbrachte. In inhaltlicher und formaler Anlehnung an seinen ersten Auftritt besingt der Chor in Anbetracht der Ereignisse seine ohnmächtige Resignation: „Sinnlos ist viel, und nichts/Sinnloser als diese Geschichte" (S. 68). Angesichts der mörderischen Katastrophe muss er ratlos bilanzieren: Das grobe Fehlverhalten „[t]ötete viele, ach, aber nicht alle/Und änderte gar nichts" (S. 68). Es führte zu Zerstörung und Verwüstung, nicht aber zu einem Lernprozess. Die Menschen beschwören das Unheil herauf und rechtfertigen sich selbst als Opfer eines harten Schicksals.

Der finale Untergang

Die höllische Wirkung des Untergangs wird mittels des mehrstufig variierten Glockenmotivs lautmalerisch verstärkt. Zunächst schlägt die Standuhr, bevor nach einer kurzen akustischen Pause *„Sturmglocken, Gebell von Hunden, Sirenen, Krach von stürzendem Gebälk, Hupen, Prasseln von Feuer, Schreie"* (S. 68) ertönen. Der retardierende Moment der *„Stille"* nach den Schlägen der *„Standuhr"* (S. 68) erhöht die dramatische Anspannung, die sich schließlich in fast vollständiger explosionsartiger Zerstörung der Stadt entlädt. Das Geläut der Sturmglocken und das Sirenengeheul gipfeln in einer *„Serie von Detonationen fürchterlicher Art"* (S. 69).

Die existenzielle Ratlosigkeit des Chores und sein Entsetzen ob der ideologischen Engstirnigkeit der Menschen und der materiellen Zerstörung drücken sich in der abschließenden „Weh uns!"-Klage (S. 69) des Chores, mit dem das Stück endet, sinnfällig aus.

Das „Nachspiel"

Fortsetzung in der Hölle

Das „Nachspiel" lässt sich als Fortsetzung des Hauptteils unter anderen Bedingungen bezeichnen. Es greift auf das bekannte Figureninventar zurück – wenn auch mit veränderter innerer und äußerer Einstellung bei den Brandstiftern. Die Motivstruktur wird beibehalten: Streichhölzer und Zigarren kommen zum Einsatz, wenn auch in deutlich abgeschwächtem Umfang; das Glockenmotiv wird durch eine Mischung aus Papageiengekreische, Säuglingsgeschrei, Hausklingel und Standuhr variabel angedeutet. Zudem werden einige Textpassagen und Handlungsschritte fast wortgleich wiederholt und die einschlägigen Verhaltensmuster der Biedermanns setzen sich ungemindert fort.

Das „Nachspiel“ beginnt mit dem Auftritt der Biedermanns in schauriger Atmosphäre auf leerer Bühne. Der einsetzende Dialog zwischen den Eheleuten führt schnell zur Klärung der Situation: Die Brandkatastrophe ist vorbei, die Stadt inzwischen wieder aufwändig „aus Glas und verchromt“ (S. 85) aufgebaut, wie sich später herausstellt, und die Biedermanns sind tot. Die unwirtliche Kälte der Szenerie wirkt durch krächzende Laute eines Papageis, unbestimmtes Säuglingsgeschrei, die schrille Hausklingel und die Einsamkeit der Biedermanns ungastlich und düster. Dieser szenische Rahmen deutet nicht auf paradiesische Sphären, sondern eher auf einen unheimlichen Ort der Unterwelt hin.

Rechtfertigungsparolen Biedermanns

Nichtsdestotrotz will Biedermann die ziemlich offensichtlichen Vorzeichen der Hölle nicht wahrhaben: „Wieso sollten wir nicht im Himmel sein? All unsere Bekannten sind im Himmel, sogar mein Rechtsanwalt. Zum letzten Mal: Das kann nur der Himmel sein. Was sonst! Das muß der Himmel sein. Was hat unsereiner denn getan?“ (S. 74) Mit dieser Einstellung legt er dasselbe Verhaltensmuster an den Tag wie vor dem Brand, als er alle Verdachtsmomente verdrängte. Seine Fortsetzung findet auch das eheliche Rollenverhältnis beider:

Eheliche Rollenverteilung der Biedermanns

Babette	Biedermann
„Wo sind wir denn jetzt?“ (S. 73)	„Im Himmel. Wo sonst.“ (S. 73)
„so hab ich mir den Himmel nicht vorgestellt –“ (S. 73)	„Nur jetzt nicht den Glauben verlieren!“ (S. 73)
„Das halt ich nicht aus, Gottlieb, ein solches Gekreisch in Ewigkeit“ (S. 74)	„Still!“ (S. 74)

Babette	Biedermann
„Das können sie uns nicht zumuten!" (S. 74)	„Beruhige dich. [...] Wieso sollten wir nicht im Himmel sein? All unsere Bekannten sind im Himmel, sogar mein Rechtsanwalt. Zum letzten Mal: Das kann nur der Himmel sein. Was sonst! Das muß der Himmel sein." (S. 74) Zu Babette: „Frag ihn, ob hier der Himmel ist. [...] Sag ihm, wir sind Opfer. [...] Sag's ihm!" (S. 76) „Was unsereiner durchgemacht hat, das kann er sich ja nicht vorstellen. Sag's ihm! Wir haben alles verloren. Sag's ihm! Dabei sind wir schuldlos." (S. 76) „Sag's ihm, daß wir schuldlos sind." (S. 76)
„Gottlieb –" (S. 76)	„Still!" (S. 76)
„Gottlieb – wir sind in der Hölle!" (S. 78)	„Schrei nicht!" (S. 78)

Die umsichtige Hausfrau Babette mutmaßt vorsichtig-sorgevoll, hält sich aber gefügig an die Anweisungen ihres Mannes, der bestimmt, was letztlich zu denken und wie zu handeln ist. Auch für ihr eheliches Verhältnis untereinander haben die beiden aus der Katastrophe nichts gelernt. Statt einander in solidarischer Ehrlichkeit zu unterstützen und gegebenenfalls zu korrigieren, behalten sie ihre Rollenbilder ebenso unkritisch bei wie ihre Ausreden und Rechtfertigungsmuster.

Mit Biedermanns mehrfacher Leugnung, in der Hölle zu sein, geht die konsequente Verdrängung eigener Schuld und Verantwortung für Leid und Zerstörung einher: „Dabei sind wir schuldlos!" (S. 76), schreien die Biedermanns selbstgerecht und lassen keinen Zweifel daran, sich in der Opferrolle zu sehen, denn schließlich hätten sie „schuld-

los" gelitten und „alles verloren" (S. 76). Babette steht ihrem Mann in Sachen Ignoranz nicht nach, denn ihre Sorge gilt hauptsächlich dem verbrannten Besitz, der „Villa" und dem „Schmuck" (S. 76). Das konsequente Leugnen von Mitschuld und Verantwortung gipfelt darin, dass sie ohne jede Spur von Schuldbewusstsein oder gar Reue unverhohlen „Wiedergutmachung" für ihr „schlichtes und gutes Eigenheim" als ihr „gutes und schlichtes Recht" (S. 80) einfordern. Ihre Klagen bringen sie zunächst dem Polizisten, der *„weiße Flügelchen trägt"* (S. 75), und dann dem Dr. phil., der als Zigarre rauchende Meerkatze[1] auftritt und als Höllenbote fungiert, vor. Der *„Engel-Polizist"* (S. 75) und die Meerkatze widmen sich anfänglich weniger den Biedermanns, sondern Verwaltungstätigkeiten: Sie bearbeiten Papiere verurteilter Hölleninsassen und stellen fest, dass zwar gewöhnliche Durchschnitts- und Alltagssünder verdammt werden, nicht aber eine „einzige Persönlichkeit, die man kennt! Kein einziger Minister, kein einziger Marschall" (S. 78). Die Bearbeitung von Akten und Papieren in der Hölle kann als satirischer Seitenhieb auf die Bürokratie verstanden werden, die in dieser Szene wie selbstverständlich zu den Bestandteilen der Hölle zählt. Im weiteren Verlauf treten auch Anna als Dienstmagd der Hölle und die Witwe Knechtling – nach wie vor stumm – auf.
Gegenüber der Meerkatze (vgl. S. 80) und Eisenring (vgl. S. 87f.), der sich als oberster Teufel zu erkennen gibt, pochen Gottlieb und Babette fortwährend auf ihre Unschuld, beteuern ihre Opferrolle und fordern die Wiederbeschaf-

[1] Das Meerkatzenmotiv geht auf die Szene „Hexenküche" in Goethes Tragödie „Faust" zurück. Im „Faust" gehört die Meerkatze zur Ausstattung von Mephistos gespenstischer Hexenküche, sie beaufsichtigt den Hexenkessel. Die Verbindung zwischen Frisch und Goethe sollte nicht überinterpretiert werden: Dieser literaturhistorische Rückgriff ist eher als kabarettistisches Detail zu sehen und verstärkt die Wirkung des Bühnenraums als eines unheimlichen Orts der Unterwelt.

„Nachspiel" von Max Frisch, Joachim Teege als Teufel, 1958

fung ihrer verbrannten Eigentumswerte ein. Hoffnung schöpfen sie dabei aus dem Umstand, dass die Hölle streiken will, wie die Meerkatze Gottlieb ins Ohr flüstert (vgl. S. 83).

Begnadigung für Großkriminelle

Die Meerkatze und der Höllenfürst würdigen das selbstmitleidige Jammern der Biedermanns kaum, denn sie beschäftigt ein grundsätzliches Problem: Der Himmel steigert sich in einen Begnadigungsrausch – „man grüßt sich, man wandelt und trinkt Halleluja, man kichert vor Begnadigung" (S. 85). „Großmörder" (S. 85), Mörder in „Uniform" (S. 89) und kriminelle Befehlsgeber werden begnadigt und „gerettet" (S. 89). Diese neue Himmels-Politik stürzt die Hölle in eine tiefe Sinnkrise: Wozu eine Hölle betreiben, wenn der Himmel „keinen einzigen" (S. 89) Sünder herausgibt. Die großzügige Begnadigungs- und Rettungswelle des Himmels führt in den Augen Eisenrings den Auftrag der Hölle ad absurdum, weil sie nur dann sinnvoll ist, wenn alle Verbrecher, auch die großen Massenmörder, Kriegstreiber, Diktatoren und Menschenschinder dort bestraft werden. „Ich denk ja nicht daran, eine Hölle zu führen für Biedermänner und Intellektuelle, Taschendiebe, Ehebrecher und Dienstmädchen, die Nylon-Strümpfe gestohlen haben, und Kriegsdienstverweigerer" (S. 90), protestiert der Höllenfürst.

Der Höllenstreik

Für die Teufel bedeutet dies die Sinnlosigkeit der Hölle, in der nach ihrem Verständnis die Verbrecher und Missetäter im Unterschied zu den Opfern und den Aufrichtigen bestraft werden sollten, was auf Erden oft genug nicht geschieht. Als Konsequenz aus der himmlischen Begnadigungs- und Rettungswelle, mit der selbst die großen Missetäter der Weltgeschichte ohne Strafe davonkommen, beschließen die Dämonen, die Hölle zu bestreiken und zurück zur Erde zu fahren, um dort wieder mit „Funken und prasselnde[n] Flammen, Sirenen [...], Hundegebell und Rauch und Menschenschrei" (S. 92) für teuflische Unruhe zu sorgen.

Veränderte Motivation der Brandstifter

Als Teufel entpuppen sich Eisenring, der „Herr der Unterwelt" (S. 81), und Schmitz, der als Beelzebub[1] „mit dem Pferdefuß und mit dem Bocksschwanz und mit den Hörnern" (S. 81) das Höllenfeuer in den Heizkesseln beschickt. Im Gegensatz zu den Biedermanns, die nichts von ihrer heuchlerischen Selbstgefälligkeit und Ignoranz eingebüßt haben, verändern sich Motivation und Zielsetzung der Brandstifter im „Nachspiel" erheblich. Schmitz und Eisenring arbeiten in der Hölle als Beelzebub und „Herr der Unterwelt", sie präsentieren sich als höllische Statthalter eines übergeordneten Gerechtigkeitsmodells, nach dem rigoros zwischen Gut im Himmel und Böse in der Hölle getrennt

[1] Beelzebub: Die Figur des Beelzebub geht ursprünglich auf biblische Teufels- und Dämonenvorstellungen zurück. Sie hat sich in der christlichen Mythologie zum Synonym für den Teufel entwickelt. In einigen Quellen aus der Zeit der Hexenverfolgungen zwischen dem 14. und 18. Jahrhundert findet sich die lautliche Umdeutung des hebräischen Ursprungsbegriffs zu „Beelzebock". Darin schwingt die mythologische Tradition mit, sich den Teufel bildlich als Ziegenbock mit Hörnern, Schwanz und Pferdefuß vorzustellen.

wird. Zur kategorischen Trennung zwischen Himmel und Hölle gehört für sie, dass nicht nur alltägliche Gelegenheitssünder bestraft werden, sondern auch die prominenten Drahtzieher und Finanziers der Verbrechen. Mit ihrer Forderung nach angemessener Bestrafung der wahren Schuldigen entwickeln sich diese Figuren im „Nachspiel" von Repräsentanten eines unbestimmten Bösen zu Garanten einer höheren Rechtsordnung.

Auch der Dr. phil. tritt leicht verändert auf, da er in Gestalt der Meerkatze als Höllenbote den Teufeln handfest assistiert, Gespräche mit den Polizisten und den Biedermans führt und insgesamt sehr viel agiler wirkt. An der Rollenbiografie Annas ändert sich hingegen ebenso wenig wie an der des Polizisten und der der Witwe. Sie bleiben Randrollen ohne aktiven Einfluss auf Dialog und Handlung.

Ende ohne Lehre

Das kuriose Ende des „Nachspiels" bildet der Auftrag des Höllenfürstes an den Chor, der in der Hölle die Unrettbarkeit des Menschengeschlechts in Form des „schmorenden Bürger[s]" (S. 90) und die eigene Machtlosigkeit besingt, das Höllenfeuer zu löschen. Darauf reagiert der Chor zunächst stutzig und alsbald mit der Wiederaufnahme seines Einsatzes vom Ende der vierten Szene. Zurück bleiben die Biedermanns, denen die Teufel in ihren Überlegungen zum Höllenstreik kaum Aufmerksamkeit schenkten. Das Ehepaar war an diesen Überlegungen nicht beteiligt und hat sie in ihrer Tragweite für die Bedeutung von Gerechtigkeit und Aufrichtigkeit auch nicht nachvollzogen. Es nimmt schließlich nur zur Kenntnis, dass sich ihm mit der Schließung der Hölle eine Chance auf die eigene Rettung bietet. Selbstkritische Einsicht oder nachdenkliche Gewissenserforschung bleiben aus.

Hintergründe

Max Frisch – biografische Stationen

Schule und Studium

Max Frischs Leben erstreckt sich fast über das gesamte 20. Jahrhundert. Er wurde am 15. Mai 1911 als Sohn von Franz Bruno Frisch und Carolina Betty Frisch in Zürich geboren. Wenige Jahre nach seiner Geburt verlor sein Vater sein Auskommen als Architekt. In der Folge fristete die Familie Frisch eine bescheidene Existenz. Seit 1924 auf dem Gymnasium, entdeckte Frisch im Alter von 16 Jahren seine Liebe zur Literatur. Insbesondere das Theater begeisterte ihn – neben seiner großen Liebe für den Fußball. Ab 1930 studierte er Germanistik in Zürich und bald darauf setzte eine intensive journalistische Tätigkeit ein. Mit dem Tod des Vaters 1932 verschlechterte sich die finanzielle Situation der Familie und Frisch sicherte sich über seine zahlreichen Zeitungsartikel einen auskömmlichen Verdienst.

Werkdebüt und Schaffenskrise

Die journalistische Arbeit ließ ihm zunehmend weniger Zeit für sein Literaturstudium, das er schließlich 1934 endgültig abbrach. Im gleichen Jahr veröffentlichte er seinen ersten Roman „Jürg Reinhart, eine sommerliche Schicksalsfahrt". 1936 entschied er sich für ein Studium der Architektur an der Technischen Hochschule Zürich, das er 1940 mit dem Diplom abschloss. Während des Architekturstudiums erlebte er zunächst eine rund zweijährige innere Entfremdung von Literatur und Schreiben: Laut Tagebucheintrag verbrannte er 1937 „alles Geschriebene"[1]. Im Zuge des deutschen Angriffs auf Polen 1939 erklärte auch die Schweiz die Generalmobilmachung ihrer Streitkräfte. Max Frisch wurde zum Militärdienst eingezogen und begann wieder zu schreiben. Zur Grenzsicherung im schweizeri-

[1] Frisch GW II, S. 588

schen Tessin eingesetzt, verfasste er das episodenhaft angelegte Tagebuch „Blätter aus dem Brotsack".

Eigenständigkeit als Architekt und Schriftsteller

Nachdem er 1943 den ersten Preis im Architekturwettbewerb für den Bau des städtischen Freibads Letzigraben in Zürich gewonnen hatte, eröffnete er mit dem Preisgeld als

Startkapital sein eigenes Architekturbüro. Die andauernde Kriegssituation des Zweiten Weltkrieges jedoch bescherte dem Architekten eine Auftragsflaute, sodass er die Anregung des Züricher Dramaturgen Kurt Hirschfeld aufgriff und damit begann, Theaterstücke zu schreiben. In vergleichsweise kurzer Zeit kamen mehrere seiner Werke zur Uraufführung: „Santa Cruz. Eine Romanze" (1946), „Nun singen sie wieder" (1945), „Die chinesische Mauer" (1946), „Als der Krieg zu Ende war" (1949), „Graf Öderland" (1951) und „Don Juan oder Die Liebe zur Geometrie" (1953).

Reisetätigkeit

Diese erste intensive Schreibphase ging mit einer regen Reisetätigkeit des jungen Dramatikers einher. Seiner Reise ins zerstörte Nachkriegsdeutschland folgten Aufenthalte in Italien, Wien, Prag, Warschau, Breslau, New York, Chicago, San Francisco, Los Angeles. In der Folge bereiste er die Mittelmeerländer Spanien und Griechenland sowie Länder der arabischen Welt, Israel, die Sowjetunion, Japan und China. Hauptwohnorte des Weltenbürgers wurden neben Zürich und Berlin im deutschsprachigen Bereich Rom, New York und Berzona im Tessin.

Prominente Bekanntschaften

Mit Bertolt Brecht schloss er kurz nach Ende des Zweiten Weltkrieges Bekanntschaft. Diese prägte ihn nachhaltig, er schärfte durch die Auseinandersetzung mit dessen dramatischen Konzepten sein eigenes Profil. Neben diesen bedeutenden schriftstellerischen Einflüssen kam es auch zum Kontakt Frischs mit dem jungen ambitionierten Verleger

Peter Suhrkamp. In dessen Verlag, der bis heute die Rechte an Frischs Gesamtwerk hält, erschien 1950 sein „Tagebuch 1946–1949". In der Nachkriegszeit entwickelte sich auch eine vorübergehend sehr enge Freundschaft mit dem schweizerischen Schriftsteller Friedrich Dürrenmatt, mit dem zusammen er für gut zwei Jahrzehnte zur bestimmenden Größe im deutschsprachigen Literaturbetrieb avancierte.

Literarische Welterfolge

Den Zenit seines literarischen Wirkens erreichte er zweifellos mit der Veröffentlichung dreier Romane und zweier Theaterstücke zwischen 1954 und 1964: „Stiller" (1954), „Homo faber" (1957), „Biedermann und die Brandstifter" (1958), „Andorra" (1961) und „Mein Name sei Gantenbein" (1964) begründeten den Weltruhm des weithin angesehenen Intellektuellen. Diese schriftstellerische Hochphase ging mit privaten Turbulenzen einher: Mitte der 50er-Jahre trennte er sich von seiner Frau und seinen drei Kindern, um ab 1958 eine vierjährige Beziehung mit der Autorin Ingeborg Bachmann in Rom zu führen. Das Ende dieser Beziehung mündete in die Bekanntschaft Frischs mit der Literaturstudentin Marianne Oellers. Sie heirateten 1968 und ließen sich 1979 scheiden.

Vom privaten Auf und Ab des Erfolgsschriftstellers weithin unberührt stieg sein intellektuelles und gesellschaftliches Ansehen in der Welt. 1976 brachte der Suhrkamp-Verlag Frischs „Gesammelte Werke in zeitlicher Folge" auf den Markt. Mit dieser Werkausgabe zu Frischs Lebzeiten wurde er zu einem wirkungsmächtigen Klassiker der Moderne. Auch zahlreiche Preise wie zum Beispiel der Georg-Büchner-Preis (1958), der Friedenspreis des Deutschen Buchhandels (1976) und der Literaturpreis der Stadt Jerusalem (1965) zeugen von seiner Reputation. Die Einladungen des damaligen Bundeskanzlers Helmut Schmidt zur Teilnahme an dessen China-Reise und des sowjetischen Staatspräsidenten Michail Gorbatschow nach Moskau demonstrieren

Politisches Ansehen

seinen Stellenwert in der zeithistorischen Diskussion. Literaturtheoretisch engagierte er sich mit zahlreichen Essays für eine Literatur, die auf ihren ästhetischen Eigenwert pocht.

Spätwerk und Tod

Aus dem literarischen Spätwerk seiner letzten zwei Lebensjahrzehnte stechen die stark autobiografisch gefärbte Erzählung „Montauk“ (1975), die große Erzählung „Der Mensch erscheint im Holozän“ (1979) mit einer Schaffenszeit von neun Jahren und das Stück „Triptychon. Drei szenische Bilder“ (1979), in dem es um Frischs Bearbeitung der Universalthemen Tod und Vergänglichkeit geht, heraus. 1990 erlebte Frisch gleich zweifach einen Schock: Er erfuhr, dass ihn die Schweizer Geheimpolizei vierzig Jahre überwacht und bespitzelt hatte, und er wurde mit der Diagnose Krebs konfrontiert. Kurz darauf schloss sich für ihn der Kreislauf seines Lebens: Am 4. April 1991 starb er achtzigjährig in seiner Geburtsstadt Zürich.

Max Frisch – thematische Schwerpunkte seines Werkes

Das Individuum statt Politik als Kernthema

Frischs Themen sind im weitesten Sinne bürgerliche, ja groß- und weltbürgerliche Themen, d. h., sie beleuchten aus dem Blickwinkel einer bürgerlichen Existenz Fragen der Sinnfindung und Lebensgestaltung: Ehe, Selbstverwirklichung, Alter, Lebensende, Umgang mit gesellschaftlichen Konventionen. Die Frage „Wer oder was bin ich, möchte ich sein, kann ich nicht sein?“ zieht sich als Leitfrage durch Frischs Gesamtwerk. Mit den bürgerlichen Themen korrespondieren auch die illustren Schauplätze seiner Werke, wie zum Beispiel großstädtische Villen, Flughäfen und Überseeaufenthalte der Akteure. Demgegenüber treten zeit- und gesellschaftskritische Aspekte zurück. Schon in den Jahren der faschistischen Diktatur in Deutschland sahen selbst die nationalsozialistischen Zensurbehörden keinen Grund, Frischs frühe Romane zu verbieten: Zu allgemeinmenschlich, existenziell und gänzlich unpolitisch waren sie angelegt. Sein Roman „Jürg Reinhart. Eine sommerliche Schicksalsfahrt" erschien beispielsweise ohne Beanstandung in der reichsdeutschen Deutschen Verlags-Anstalt.

Beschäftigung mit dem Faschismus

Kritischer und gesellschaftlich engagierter wirkt sein Nachkriegstext „Nun singen sie wieder. Versuch eines Requiems", der sich mit der jüngsten deutschen Gewaltgeschichte auseinandersetzt. Deutlich mehr Raum nimmt die politisch-moralische Auseinandersetzung in seinen überaus erfolgreichen Theaterstücken „Biedermann und die Brandstifter" sowie „Andorra" ein. Beide Texte verweisen auf gesellschaftliche Prozesse, auch wenn sie diese Fehlentwicklungen auf der Ebene des Individuums deuten, das heißt vor dem Hintergrund der Frage nach echter und falscher Identität, nach Selbst- und Fremdwahrnehmung des Einzelnen. Die Biedermanns verstellen sich und richten ihre Reaktion auf die Brandstifter auch daran aus, wie sie die anderen wahrnehmen und wahrgenommen werden wollen. Und im Stück „Andorra" reden die Andorraner ihrem Mitbürger Andri solange ein, dass er ein geldgieriger Jude sei, bis er diese Fremdwahrnehmung zu seiner Selbstwahrnehmung verinnerlicht. Was er wirklich ist und war, spielt am Ende ebenso wenig eine Rolle wie die selbstkritische Reflexion des eigenen Verhaltens seitens der Andorraner.

Ich-Suche und Ich-Krise

Sehr viel stärker als in den Stücken, die die Ansätze einer politischen Reflexion transportieren, kreisen Frischs bekannte Romane „Stiller", „Homo faber" und „Mein Name sei Gantenbein" um die Problematik der Ich-Suche und Ich-Findung des Menschen in der modernen Welt. Sie thematisieren den Kampf des Subjekts, das um seine begrenzten Möglichkeiten der Entfaltung und Persönlichkeitsentwicklung weiß, sich aber gleichwohl nach der Überwindung aller gesellschaftlichen und natürlichen Konventionen und Begrenzungen sehnt. Pointiert formuliert findet sich Frischs Kernthema der Identitätsfindung und -krise mit dem abgewandelten biblischen Zitat „Du sollst dir kein Bildnis machen“[1] in seinem „Tagebuch 1946–1949“.

Bildnisverbot

Das Bildnisverbot bezieht sich bei Frisch nicht in einem engen religiösen Sinn auf Gott, sondern auf die Gattung Mensch. Frisch versteht es als unerlässliche Elementarforderung an die soziale Existenz des Menschen. Die Figuren Frischs leiden daran, dass sie sich von sich und anderen Bildnisse im Sinne von Vorstellungen machen und gleichzeitig mit den Bildnissen, die sich andere von ihnen machen, konfrontiert sind. Sie leiden darunter, dass ihre Persönlichkeit eingeengt wird durch Vorstellungen Dritter über sie. Dies hemmt ihre Persönlichkeitsentwicklung und legt sie fest. Der unglücklich verheiratete Künstler Stiller protestiert beispielsweise gegen die als Zwang empfundene Einordnung seiner Person in ein vorgegebenes gesellschaftliches Erwartungsmuster hinsichtlich seiner Rolle als Bürger, Künstler und Ehemann. Gleich zu Beginn des Romans „Stiller“ erhebt er programmatisch seinen Anspruch auf selbstbestimmte Individualität, indem er seine gesellschaftlich anerkannte Identität als Anatol Stiller kategorisch leugnet: „Ich bin nicht Stiller!“[2] Am Ende jedoch resigniert er vor der Ausweglosigkeit seines Dilemmas. Er kann nicht ausbrechen, bleibt gefangen in einer Identität, die er nicht für die seine hält, zumindest nicht seine bestmögliche.

Ich-Findung als Spiel der Möglichkeiten

Im Roman „Mein Name sei Gantenbein“ entwickelt sich die Auseinandersetzung um Identität und Ich-Findung zu einem Arrangement theoretischer Möglichkeiten persönlicher Entwicklung und Selbstbestimmung. Der spielerische Möglichkeitscharakter der Figuren drückt sich bereits im

---

1 Frisch GW II, S. 369. Im fünften Buch Moses, Deuteronomium, steht das zweite Gebot: „Du sollst dir kein Gottesbildnis machen“ (Dtn 5,8).

2 Frisch GW III, S. 361

Titel aus: Der Konjunktiv I stellt das Erzählen der Figuren und von Figuren unter den Vorbehalt, dass deren Identität auf Annahmen, nicht auf Gewissheiten beruht im Sinne von „Angenommen, ich wäre ...". Frischs Texte belassen es bei der Suche ihrer Figuren nach entfalteter Individualität und wahrem Selbst, immer aber scheitert diese Suche, enden die Protagonisten in Resignation. Auswege, um das Dilemma der Titelfiguren zu überwinden, werden nicht aufgezeigt, sodass Frischs Texten insgesamt ein eher pessimistischer Zug innewohnt.

Sprachskepsis

Maßgeblicher Grund oder Begleitumstand individueller Resignation ist die für alle Texte Frischs charakteristische Skepsis gegenüber Sprache und Kommunikation. Schon früh formuliert Frisch in seinem Tagebuch seine Zweifel an der Aussagekraft des Sprachsystems: „Was wichtig ist: das Unsagbare, das Weiße zwischen den Worten, und immer reden diese Worte von den Nebensachen, die wir eigentlich nicht meinen. Unser Anliegen, das eigentliche, läßt sich bestenfalls umschreiben, und das heißt ganz wörtlich: man schreibt darum herum. Man umstellt es."[1] Sprache spiegelt demnach keine wahrhaftigen Aussagen über sich selbst und andere wider, sondern bestenfalls entfernte Abbilder davon, die sich häufig zu Trugbildern, Klischees und verlogenen Wahrnehmungskonventionen verfestigen. In sprachlichen Äußerungen verdichten sich Bildnisse von Menschen zu „Schablone[n]"[2].

Ausweglosigkeit der Ich-Findung

Die Tendenz zu einer geradezu existenziellen Ausweglosigkeit verschärft sich in Frischs Spätwerk. Mit den Werken „Montauk", „Triptychon" und „Der Mensch erscheint im Holozän" veröffentlicht er ab den 1970er-Jahren Texte, in denen Alter und Tod die bestimmenden Faktoren sind, die das freie Handeln der Figuren entscheidend einengen. Die-

---

[1] Frisch GW II, S. 378f.

[2] Frisch GW II, S. 471

se Texte erzeugen eine düstere Endzeitstimmung, in der die konkret erfahrbare Wirklichkeit zunehmend in den Hintergrund tritt.

Stellungnahmen zur Zeitgeschichte

Neben dem großen Thema individueller Ich-Suche findet sich konkrete Gesellschaftskritik eher punktuell in einzelnen bissig-ironischen Kommentaren zur schweizerischen Selbstgerechtigkeit, zur Außenpolitik der USA und zum damaligen Ost-West-Konflikt. Diese Kommentare lassen den Scharfsinn des Intellektuellen aufscheinen, der sich abseits seines literarischen Werks in Redebeiträgen und Essays zu tagespolitischen Fragen äußerte und dezidiert Position bezog: gegen die Militärjunta in Griechenland, gegen eine Städteplanung, die den Lebensraum menschenfeindlich gestaltet, gegen den Vietnamkrieg, gegen die schweizerische Asylpolitik und für fortschrittliche sozialistische Positionen wie die tschechische Reformbewegung im Frühjahr 1968 („Prager Frühling").

Verhältnis Frischs zur Schweiz

Ambivalent bleibt bis zum Schluss Frischs Verhältnis zur Schweiz. In seiner Festrede zum Nationalfeiertag am 1. August 1957 ruft er aus: „Ich liebe die Schweiz so wie sie ist; aber weil sie so ist, wie sie ist, und weil ich sie liebe, geht es nicht ohne Kritik, ohne Selbstkritik."[1] Bewunderung zollt er der demokratischen, multikulturellen Friedenstradition des Landes, allerdings hält er für die Selbstgerechtigkeit und Engstirnigkeit der Schweiz nur Hohn und Spott bereit. In der Festrede bemängelt er die schweizerische „Angst vor

[1] Frisch GW IV, S. 221

allem Neuen"[1], die dazu führt, nichts ändern zu wollen. Dies mündet darin, dass keine neuen Ideen mehr realisiert werden. In seiner Stellungnahme „Die Schweiz ist ein Land ohne Utopie" (1960) diagnostiziert er „die Angst vor der Zukunft geradezu als das Grundgefühl des Schweizer Zeitgenossen"[2]. Es geht hauptsächlich darum, Bestehendes zu sichern und gegebenenfalls zu verbessern; der Raum für Neues und Anderes, kurz gesagt für Utopien, fehlt. In „Wilhelm Tell für die Schule" parodiert er 1971 das in der Schweiz allgegenwärtige patriotische Pathos der nationalen Gründungslegende des Landes. Im „Dienstbüchlein" (1974) prangert er die schweizerische Politik gegenüber dem deutschen Faschismus an. Mit seinem Prosatext in Dialogform „Schweiz ohne Armee? Ein Palaver" (1989) anlässlich der Schweizer Volksabstimmung zum Bestand der nationalen Armee sorgte der streitbare Autor zwei Jahre vor seinem Tod mit armeekritischen Argumentationen nochmals für großes Aufsehen in seinem Heimatland.

Die Entwicklungsstufen der „Biedermann"-Thematik im Gesamtwerk Frischs

Die Erzählung

Die „Burleske" als Vorstufe zum „Biedermann"

Die „Biedermann"-Thematik bearbeitete Frisch in drei verschiedenen Textsorten: als Erzählung, Hörspiel und schließlich als Bühnenstück. Zuerst findet sich der Stoff für „Biedermann und die Brandstifter" in seinem „Tagebuch 1946–1949". Frisch platzierte als fünfte Eintragung für das Jahr

[1] Frisch GW IV, S. 223
[2] Frisch GW IV, S. 258

1948 die kurze Erzählung „Burleske"[1]. Eingerahmt ist diese literarische Skizze durch biografische und politische Notizen. Diese Komposition verweist beispielhaft auf ein Strukturmerkmal in Frischs Tagebuchkonzeption: Notizen zu zeitgenössischen Geschehnissen stehen literarischen Entwürfen gegenüber, die Frisch in späteren Schaffensperioden oftmals als Rohmaterial für weitere Bearbeitungen nutzte.

In der Prosaskizze „Burleske" erweckt ein „Unbekannter" mit seiner vorgeblich schlimmen Vergangenheit das Mitleid der Hauptfigur, die als „Du" bezeichnet wird. Dem Unbekannten wird Einlass und für eine Woche Obdach gewährt. Im Verlauf der Erzählung erreicht er, dass auch sein dubioser Freund aufgenommen wird. Die Verdachtsmomente häufen sich, die Gäste werden penetranter, aber die Reaktion des „Du" erschöpft sich im Verdrängen der aufziehenden Gefahr und in der Hoffnung, die Gäste als Freunde gewinnen zu können. Alle Höflichkeit, alles Beteuern vermeintlicher Freundschaft und selbst das gesellige Abendessen halten die Gäste letztendlich nicht davon ab, ihren Gastgeber um Streichhölzer zu bitten und schließlich einen verheerenden Brand zu legen. Inhaltlich enthält die „Burleske" mit ihrem Handlungsverlauf, dem Motiv drohender Brandstiftung und vorauseilender unterwerfender Anbiederung sowie dem angstbewegten Verdrängen offensichtlicher Gefahr bereits zentrale Elemente der späteren Hörspiel- und Bühnenfassungen.

---

[1] Frisch GW II, S. 556–561, Burleske: ital. *burla* für Scherz, Spott. Es handelt sich um den Titel der Erzählung. Als Burleske wurden ab dem 16. Jahrhundert ausgehend von Italien Texte benannt, die sich durch zotige Inhalte, derbe Komik und deftige Sprache auszeichneten. Im deutschsprachigen Bereich nahm diese Bezeichnung ab dem 19. Jahrhundert zunehmend die Bedeutung von Posse oder Farce an, d.h. von einem literarisierten „schlechten Scherz". Erzählt wird darin eine Handlung, die sich trotz aller Unwahrscheinlichkeit in einer verblüffenden Weise ereignet.

Zeitgeschichtliche Einflüsse

Die „Burleske" steht im Tagebuch im Zusammenhang mit Kommentaren zur kommunistischen Regierungsübernahme in der Tschechoslowakei. 1946 hatte sich der tschechische Präsident Eduard Benesch (1884–1948) für eine Regierungszusammenarbeit mit der kommunistischen Partei entschieden und den kommunistischen Politiker Klement Gottwald zum Regierungschef ernannt, um zwei Jahre später von ihm entmachtet zu werden. Näheres zu diesen Zusammenhängen findet sich im Unterkapitel „Umsturz in der ČSSR" 1948, S. 82f.

Diese Komposition im Tagebuch galt vielen Interpreten als Hinweis darauf, die Brandstifter als Allegorie auf die Gefahr der kommunistischen Expansion im „Kalten Krieg" zu lesen. Diese Lesart ist zwar möglich, sie engt aber das Deutungsspektrum der „Burleske", die als literarischer Text grundsätzlich mehrdeutig ist, ein. Die „Burleske" enthält keinen Hinweis auf die Gleichsetzung zwischen den Brandstiftern des Textes und einzelnen politischen Gruppierungen aus der Zeitgeschichte. Die historischen Ereignisse in der Tschechoslowakei 1948, die Frisch als Zeitgenosse erlebte, können als Anlass und Auslöser für die „Burleske" gelten, nicht aber als ausschließlicher Deutungshorizont.

Das Hörspiel

Schreibanlass

Das Hörspiel entstand aus einer ökonomischen Notsituation. Frisch brauchte Geld und der Bayrische Rundfunk bot ihm 3000 DM für ein Hörspiel. Ein Rundfunkjournalist unterbreitete Frisch im November 1949 nicht nur das lukrative Angebot, sondern lieferte gleich noch eine zündende Idee mit, indem er den anfangs ideenlosen Autor auf dessen Tagebuch als mögliche Fundgrube für literarische Stoffe verwies. Diese Anregung griff Frisch auf und verarbeitete seine „Burleske" aus dem Tagebuch von 1948 zu einem Hörspiel, „Herr Beidermann und die Brandstifter", das im Frühjahr 1953 im Bayrischen Rundfunk und in Radio Zürich gesendet wurde. Die Erzählinhalte decken sich weitgehend mit der „Burleske". Neu ist der Erzählstandort des Hörspiels, in dem die Handlung vom Schluss her entfaltet wird: Die Katastrophe ist bereits geschehen und der „Verfasser" interviewt Biedermann im Nachhinein zu den Ursachen und dem Hergang des Brandes. Diese Komposition erzeugt den fortwährenden Wechsel von Zeit- und Handlungsebenen. Zeitlich bewegt sich das Geschehen zwischen der Gegenwart im Aufnahmestudio des Rundfunks und der Vergangenheit der Brandstiftung. Die Handlung gliedert sich in eine Spielebene, auf der das Geschehene nachträglich szenisch vergegenwärtigt wird, und eine Kommentar- und Betrachtungsebene. Auf dieser bespricht der „Verfasser" im Dialog mit Biedermann das vergangene Geschehen und leitet zu den einzelnen Spielszenen über. Weiterhin berichtet er als Erzähler in elf „Ansagen" über Begleitumstände des Geschehens.

Wechsel von Zeit- und Handlungsebenen

Dieses Wechselspiel zwischen epischem Bericht und dramatischem Spiel signalisiert den Übergang zwischen Textsorten, d. h. die Entwicklung vom Erzähltext zum Drama. Die zehn Spielszenen lassen schon Gliederung und zentrale Inhalte der späteren Bühnenfassung erkennen. Zur Dramatisierung der „Burleske" gehört auch der neue Name der Hauptfigur: Aus dem „Du" der „Burleske" wird „Biedermann". Zudem kommen weitere Figuren und Namen hinzu. Aus dem „Unbekannten" und seinem „Freund" in der „Burleske" werden im Hörspiel „Schmitz" und „Eisenring". Neu entstehen die Figuren der Ehefrau Babette und des Dienstmädchens Anna.

Entwicklung vom Erzähltext zum Drama

Das Drama

Auch für die endgültige Bühnenfassung des „Biedermann"-Stoffes bedurfte es nach Aussagen des Autors eines Anstoßes von außen. Auf Anregung des Züricher Schauspielhauses, das ihn dazu drängte, ein Stück zu schreiben, und ihm

Bearbeitung für die Theaterbühne

als Idee dafür das „Biedermann-Hörspiel" vorschlug, bearbeitete er das Hörspiel für die Theaterbühne. „Biedermann und die Brandstifter" wurde am 29.03.1958 in Zürich uraufgeführt, die deutsche Erstaufführung folgte am 28.09.1958 in Frankfurt und schloss mit einem eigens für Aufführungen in Deutschland verfassten „Nachspiel". Das Figureninventar aus der Hörspielfassung behielt Frisch bei und ergänzte es um einige Randfiguren wie die Witwe Knechtling, den Polizisten, den Dr. phil. und um den Chor. Die Handlung gliedert sich ähnlich wie im Hörspiel in eine Spielebene und eine Kommentarebene. Auf dieser agiert der Chor der Feuerwehrleute, der das szenische Geschehen der Spielebene beobachtet und kommentiert.

Fernsehfassungen

Das Bühnenstück erfuhr drei Fernsehfassungen. Eine erste wurde vom Norddeutschen Rundfunk 1958 ausgestrahlt und lehnte sich vermutlich eng an die Fassung des Theatertextes an. Allerdings gelten diese Filmfassung und das Drehbuch bis heute als unauffindbar. Das Schweizer Fernsehen sendete 1963 eine nicht vom Autoren selbst erarbeitete Fassung in Schweizerdeutsch. 1967 strahlte Radio Bremen die dritte Fassung aus, die – ähnlich dem Hörspiel – die Spielszenen mit einem neuen, ungewöhnlichen Rahmen verknüpft: Der Fernsehsprecher interviewt Biedermann zu dem vergangenen Geschehen und lässt zur Verdeutlichung diverser Interview-Stationen die Spielszenen als einzelne Flashback-Sequenzen filmisch einblenden. Wie bei dem Hörspiel sind die Zeit- und Handlungsstrukturen in Gegenwart und Vergangenheit sowie in Spielebene und Kommentarebene getrennt.

Resümee

Als Fazit der einzelnen Entwicklungsstufen bleibt zu ziehen, dass die „Biedermann"-Thematik Frisch in verschiedenen Schaffensperioden immer wieder beschäftigt hat. Auch hat er sie in verschiedene Textsorten – Erzählung, Hörspiel, Drama, Drehbuch – und Gattungen gegossen. Die lange Zeitspanne, in der diese Thematik ästhetisch verarbeitet und variiert wurde, deutet auf die Attraktivität des Stoffes für ein weltweites Publikum hin. Die mit Abstand stärkste Resonanz von allen Bearbeitungsstufen aber rief die Bühnenfassung hervor. Bis heute gilt „Biedermann und die Brandstifter" als eines der meist gespielten deutschsprachigen Theaterstücke.

Zeithistorische Hintergründe der Entstehung des Werkes

„Musterfall" Biedermann

Das Stück „Biedermann und die Brandstifter" lässt sich sicherlich nicht ausschließlich auf eine bestimmte historische Situation beziehen. Dazu finden sich im Text keine Hinweise und auch der Autor hat dies abgelehnt. Die Parabel[1] lässt sich aber durchaus als „Musterfall" (Durzak 1972, S. 208) deuten, der sich zu mehreren geschichtlichen Situationen in Beziehung setzen lässt. Einige Mechanismen, die in dieser Parabel deutlich werden, erinnern an bestimmte politische Prozesse, die sich im geschichtlichen Umfeld der Entstehung des Werkes (1948–1958) ereigneten. Zu nennen sind hier die Errichtung der nationalsozialistischen Diktatur in Deutschland ab 1933, der politische Umbruch in der ČSSR 1948 sowie die mit der Entwicklung des Kalten Krieges zwischen den Siegermächten des Zweiten Weltkrieges einsetzende atomare Hochrüstung.

[1] Parabel: lehrhafte Erzählung, die sich durch die literarische Gestaltung eines Vergleichs auszeichnet. Dabei fehlt der direkte Vergleichpartikel. Die Übertragung von Erzählelementen der ästhetischen *Bildebene* auf Elemente der empirischen *Sachebene* muss vom Leser selbst geleistet werden. Durch diese Transferleistung kann auf eine allgemeine Erkenntnis oder Wahrheit geschlossen werden.

Nationalsozialistische Gewaltherrschaft

Diktatorisches Machtstreben Hitlers

Aus den Wahlen vom März 1933 ging Hitlers Nationalsozialistische Deutsche Arbeiterpartei (NSDAP) mit einem Stimmenanteil von 43,9 % zwar als Wahlsiegerin hervor, verfehlte aber die angestrebte absolute Mehrheit. Hitler wollte auf keinen Fall in parlamentarischen Diskussionen mühsam Kompromisse aushandeln und Koalitionen schmieden, sondern er strebte die alleinige, diktatorische Herrschaft an. Allerdings stiegen zwischenzeitlich wegen der zahlreichen äußerst brutalen Übergriffe nationalsozialistischer Schlägertrupps Skepsis und Angst in der Bevölkerung. Daher legte Hitler großen Wert darauf, seine Diktatur unter dem Anschein einer formalen Korrektheit zu errichten. Er ging davon aus, dass die deutsche Bevölkerung das Gefühl brauchte, alles gehe rechtmäßig, ordentlich und legal zu.

Adolf Hitler 1933 in Nürnberg

Hitlers Ermächtigungsgesetz

Infolgedessen brachte er am 23.03.1933 das als „Ermächtigungsgesetz" bekannte „Gesetz zur Behebung der Not von Volk und Reich" in den Reichstag ein. Es sah vor, dem Parlament die gesetzgebende Gewalt zu nehmen und sie der Reichsregierung und damit namentlich Hitler zu übertragen. Mit anderen Worten: Dieses Gesetz sollte Hitler ermächtigen, ohne Kontrollinstanz Gesetze zu verabschieden. Es verlieh ihm mit demokratischen Mitteln diktatorische Vollmachten. Dazu brauchte Hitler eine Zweidrittelmehrheit. Wider aller demokratischen Logik stimmten die Parteien des Reichstages dem Ermächtigungsgesetz zu. Lediglich die Sozialdemokraten stimmten dagegen, die Kommunisten konnten an der Abstimmung nicht mehr teilnehmen, weil sie bereits verhaftet oder auf der Flucht waren.

Motivationsparallelen zwischen Geschichte und Drama

Das Parlament hatte sich selbst entmachtet. Damit handelte es ebenso irrational und selbstzerstörerisch wie Gottlieb Biedermann, der wissentlich Brandstifter in seinem Haus duldet und ihnen schließlich sogar Streichhölzer aushändigt. Die Motivation für sein Handeln ist ähnlich vielschichtig wie die der deutschen Parlamentarier im März 1933. Als erstes Motiv ist die Angst vor dem Nazi-Terror, dem Kommunisten und Sozialdemokraten in Form von Misshandlungen, Verhaftungen, Totschlag bereits zum Opfer gefallen waren, zu nennen. Im Drama wird an mehreren Stellen deutlich, dass Josef Schmitz durchaus mit seiner körperlichen Kraft und seiner Vergangenheit als Ringer kokettiert. Er macht auch keinen Hehl daraus, dass er bereits Menschen, die sich ihm widersetzten, ernsthaft verletzte. Ein weiterer Grund für die Zustimmung der Parlamentarier lag in der Hoffnung, die Gier der Nationalsozialisten nach Macht stillen und sie dadurch bändigen zu können. Das Ziel war, keinen Anlass zu weiterem Streit zu geben und innenpolitischen Frieden zu erreichen. Auch Gottlieb spekuliert darauf, die Brandstifter durch eigenes Entgegenkommen gütlich zu stimmen. Schließlich gab es auch Zustimmung aus Resignation gegenüber der Macht Hitlers. Resignation zeigt Biedermann zwar nicht offen, aber er erwägt zu keinem Zeitpunkt ein alternatives Vorgehen und setzt all seine Hoffnung auf seine Strategie der kumpelhaften Anbiederung. So finden sich in der Reaktion der Reichstagsparteien auf das Ermächtigungsgesetz Parallelen zu Biedermanns Umgang mit den Brandstiftern. So wie er das Unheil zwar ahnt, sich aber nicht dagegen auflehnt, so äußern auch die Abgeordneten des Reichstages Bedenken, ohne jedoch das Gesetz abzulehnen, mit dem sie ihre eigene politische Bedeutungslosigkeit faktisch besiegeln. Es lassen sich jedoch nicht nur auf der Motivationsebene Parallelen zwischen der „Biedermann"-Thematik und der NS-Geschichte aufzeigen, sondern auch auf der Basis motivverwandter Ereignisse.

Reichstagsbrand

Das Titelthema des Dramas, die Brandstiftung, erinnert an reale Methoden der deutschen Faschisten im Kampf um ihr verbrecherisches Ziel der rücksichtslosen Vernichtung alles Schwachen und aller Andersdenkenden.

Am Abend des 27.02.1933 brannte das Reichstagsgebäude ab. Obwohl die Täterschaft bis heute nicht zweifelsfrei geklärt ist, nutzten die Nationalsozialisten noch in der Brandnacht den Brand als Vorwand, um zahlreiche missliebige Politiker und Intellektuelle der Brandstiftung zu bezichtigen und sie sofort zu verhaften. Vor allem traf es Politiker der Kommunistischen Partei, der schärfsten Gegnerin der NSDAP. Die Verhafteten erwarteten Polizeifolter, Konzentrationslagerhaft und nicht selten die Ermordung.

Bücherverbrennung

Am 10.05.1933 organisierte die nationalsozialistische „Deutsche Studentenschaft" landesweit „Verbrennungsfeiern" in deutschen Universitätsstädten. Mit propagandistischer Unterstützung durch die Regierung und unter Anwesenheit zahlreicher Professoren wurden in einem Akt kultureller Barbarei Bücher missliebiger Autoren wie zum Beispiel Karl Marx', Sigmund Freuds, Heinrich Heines, Heinrich Manns, Erich Kästners, Franz Kafkas verbrannt.

Vernichtungskrieg

Mit Beginn des Zweiten Weltkrieges zeigte sich in erschreckender Brutalität, dass Brandstiftung und Verbrennung weit über die Grenzen der Einzelereignisse von 1933 hinaus grausamste Ausmaße annahmen: Für den rücksichtslosen Vernichtungskrieg der Armeen Hitlers im Osten und für den verbrecherischen Massen- und Völkermord in den Gaskammern der SS wurde Verbrennung planmäßig als Instrument der Zerstörung von Ländern und Menschen eingesetzt. Die Nationalsozialisten setzten Brandstiftung innenpolitisch und außenpolitisch gezielt ein, um rücksichtslos die eigenen Ziele durchzusetzen. Die Brandstifter in Frischs Drama handeln ebenso rücksichtslos und eigennützig. Menschliches Leid und Leben zählen für sie nicht, sondern nur ihre schier diabolische Freude an der Zerstörung.

Umsturz in der ČSSR 1948

Tschechische Sympathien für die Sowjetunion

In der Tschechoslowakei (ČSSR) bestanden zum Ende des Zweiten Weltkrieges noch erhebliche Sympathien für die kommunistische Sowjetunion, da man sich von den Westmächten Großbritannien und Frankreich seit 1939 verraten fühlte. Beide Länder hatten entgegen früherer Zusagen der Tschechoslowakei nicht beigestanden, als sie 1939 von der deutschen Wehrmacht überfallen und besetzt worden war. Der seinerzeit geflohene tschechische Präsident Edward Benesch gründete in London eine Exilregierung und schloss 1943 mit der UdSSR einen Freundschafts- und Beistandspakt.

„Nationale Front" als Ideal

Als er 1945 in die Tschechoslowakei zurückkehrte, arbeitete er als Staatspräsident mit der „Nationalen Front", einer All-Parteien-Allianz aus Kommunisten, Sozialisten, gemäßigten Sozialisten und der eher bürgerlichen Volkspartei zusammen. In den Wahlen vom 26.05.1946 errang die Kommunistische Partei (KPČ) 38 % der Stimmen und stellte mit ihrem Vorsitzenden Klement Gottwald den Regierungschef in der All-Parteien-Koalition. Für ungefähr zwei Jahre blieb die ČSSR in einer vergleichsweise unabhängigen Position zwischen der kommunistischen Sowjetunion und den Westmächten. Junge westliche Intellektuelle wie zum Beispiel Max Frisch setzten große Hoffnungen auf die ČSSR. In ihr sahen sie Ansätze zu einem politischen Modell, in dem sozialistische Ideale von Gleichheit und Solidarität galten, ohne durch Gewalt und Terror, wie man sie von dem sowjetischen Diktator Stalin kannte, verraten zu werden.

Sozialistische Volksdemokratie

Die KPČ unter Gottwald vergrößerte ihren Einfluss in Staat und Partei, indem sie die Polizei mit eigenen Parteimitgliedern durchsetzte. Um den inneren Frieden zu sichern, gab Benesch den Kommunisten nach, konnte aber trotzdem nicht verhindern, dass die KPČ wenige Monate später im Mai 1948 einen Verfassungsentwurf durchsetzte, mit dem die ČSSR in eine „Volksdemokratie" nach sowjetischem Vorbild und in einen Einparteienstaat umgewandelt wurde. Der Sonderstatus der ČSSR war verloren. Benesch, der im Mai 1948 zurücktrat und im September 1948 starb, zog sich durch seine Politik gegenüber den Kommunisten im Westen den Vorwurf zu, die Gefahr eines kommunistischen Umsturzes verdrängt zu haben.

Wirkung auf westliche Zeitgenossen

Nicht wenige zeitgenössische Kommentatoren und Rezensenten sahen in der Figur Gottlieb Biedermann die literarische Bearbeitung des einstigen tschechischen Staatsmannes Benesch, der mit den Kommunisten gleichsam die politischen Brandstifter in sein „Regierungshaus" gelassen habe, um ihnen schließlich widerstandlos den gesamten Staat zu überlassen.

Atombombe und atomares Wettrüsten

Zerstrittene Siegermächte

Aus den Siegermächten des Zweiten Weltkrieges – den USA, der Sowjetunion (UdSSR), Großbritannien und Frankreich – wurden bald nach Kriegsende Konkurrenten und Gegner: Zwischen der UdSSR auf der einen und den drei Westmächten auf der anderen Seite klafften unüberbrückbare ideologische, geopolitische und wirtschaftliche Gegensätze: parlamentarische Demokratie einerseits, Einparteienstaat andererseits; Marktwirtschaft einerseits, Planwirtschaft andererseits.

Satellitenstaaten

Die UdSSR, die unter dem grausamen deutschen Vernichtungskrieg ab 1941 mit ca. 20 Millionen Opfern am meisten gelitten hatte, forderte eine Sicherheitszone zwischen ihrem Staatsgebiet und Deutschland. Diese Pufferzone sollte aus den Staaten Ost- und Mitteleuropas (Satellitenstaaten) bestehen und fortan zum sowjetischen Einflussbereich gehören. Hofften die Westalliierten zunächst, dass die Staaten dieser Pufferzone weitgehend selbstständig bleiben würden, so war die Sowjetunion bestrebt, ihren Einfluss in diesen Staaten stetig auszubauen. Genau diese Entwicklung weckte aber das Misstrauen der Westmächte.

Westliches Containment

In den USA wuchs die Überzeugung, den wachsenden kommunistischen Einfluss auf Osteuropa eindämmen (engl. to contain) zu müssen. Um die westlichen Demokratien zu stärken, sollte deren wirtschaftlicher Wohlstand gesichert werden. Das westliche Containment weckte zusätzlich das Misstrauen der Sowjetunion, die schließlich dazu überging, die Satellitenstaaten als sozialistische „Volksdemokratien" nach sowjetischem Vorbild vollständig unter ihre Kontrolle zu bringen.

Weltpolitische Blockbildung

Unweigerlich zogen diese Prozesse eine Teilung Europas und der Welt in Blöcke nach sich: Die Grenze zwischen dem US-geführten *Westen* und dem von der UdSSR dominierten *Ostblock* verlief mitten durch Europa und Deutschland. In beiden Blöcken herrschten unterschiedliche gesellschaftliche und wirtschaftliche Systeme. Es folgte die Gründung zweier Militärbündnisse: 1949 entstand die NATO im Westen und 1955 der Warschauer Pakt im Osten. Dabei setzten beide Bündnisse massiv auf atomare Waffen.

Kalter Krieg und atomares Wettrüsten

Die Atombombe war allen herkömmlichen Waffensystemen an Zerstörungskraft weit überlegen, was die amerikanischen Atombombenabwürfe über Hiroshima und Nagasaki 1945 der ganzen Welt erschreckend unter Beweis

stellten. Ab den 1950er-Jahren begannen die Blöcke ein aufwändiges atomares Wettrüsten, um gemäß der *Logik des atomaren Gleichgewichts* den jeweils anderen von einem Angriff abzuhalten. Diese Politik der Abschreckung in einem Kalten Krieg führte in einer ebenso unsinnigen wie hochgefährlichen Rüstungsspirale dazu, dass beide Militärblöcke mit ihren atomaren Waffenvorräten die Welt in wenigen Minuten vielmals hätten zerstören können. Mit anderen Worten: Die Weltmächte legten bewusst und gezielt für sehr viel Geld Waffenlager an, die im militärischen Ernstfall dazu geführt hätten, alles Leben auf der Erde komplett auszulöschen. Mit den immensen Beständen an Atomwaffen stellten sich die Supermächte bildlich gesprochen „Benzinfässer“ ins Haus, obwohl sie doch genau wie Biedermann wussten, dass das Entzünden dieser Bomben alles Leben auf der Erde ausgelöscht hätte. Ähnlich wie im Drama fehlte in der Außen- und Sicherheitspolitik der beiden Supermächte über weite Strecken die ehrliche Bereitschaft, sich kritisch und nachhaltig mit den Risiken und möglichen Konsequenzen des eigenen Handelns auseinanderzusetzen.

Frischs Theaterkonzept im Kontext zeitgenössischer Entwicklungen

Bertolt Brecht

Literarische Welterfolge

Ende der 1940er-Jahre stand Frisch für einige Jahre in Kontakt zu Bertolt Brecht (1889–1956), der ihn inspirierte und anspornte. Brecht war der wohl bedeutendste deutschsprachige Dramatiker des 20. Jahrhunderts, er gelangte mit der kurzweiligen revuehaften „Dreigroschenoper" (1928) und Dramen wie „Mutter Courage und ihre Kinder" (1941) sowie „Der gute Mensch von Sezuan" (1942) zu literarischem Weltruhm. Sein Sonderstatus in der deutschen Literatur- und Theatergeschichte fußt aber nicht nur auf seinen Erfolgen als Theaterautor, sondern auch auf seinen theatertheoretischen und ästhetischen Schriften, die die Vorstellungen des klassischen Theaters revolutionierten.

Verfremdungseffekte

Das Ziel des Brecht-Theaters bestand darin, das Publikum durch ästhetische Mittel zum aktiven Wahrnehmen, Urteilen und verändernden Handeln in der Gesellschaft zu bringen. Es sollte sich nicht mit dem Gespielten identifizieren und sich nicht emotional in die Bühnenhandlung und in die Figuren einfühlen. Im Gegenteil: Es sollte dazu gebracht werden, sich von der Bühnenhandlung zu *distanzieren,* um aus kritischer Distanz neue Einblicke in sein gesellschaftliches Umfeld zu gewinnen. Dies wollte Brecht durch *Verfremdungseffekte* (V-Effekte) erreichen. Zu den V-Effekten gehören beispielsweise Prologe, Zwischenspiele, Songs, Chöre, Projektionen, Selbsteinführungen der Figuren, Heraustreten der Schauspieler aus ihrer Figurenrolle, Ansprache an das Publikum und der Widerspruch zwischen Form und Inhalt.

All diese theaterästhetischen Mittel unterbrechen die Bühnenhandlung und verhindern, dass sich das Publikum in die Bühnenwelt hineinversetzt und sich mit ihr identifiziert.

Zeigetheater

Von entscheidender Bedeutung dabei ist, dass die Schauspieler immer wieder aus ihrer Rolle heraustreten und die Figur, die sie spielen, bzw. die Handlung, in der sie spielen, kommentieren. Brecht spricht in diesem Zusammenhang vom „Gestus des Zeigens"[1], d. h., die Schauspieler „zeigen" quasi von außen wie ein Erzähler auf ihre Figur und auf die Handlung. Damit wechseln sie die Perspektive und führen dem Publikum eine andere, ungewohnte Sichtweise auf die Situation vor. Infolgedessen steht das Publikum fortwährend im Spannungsfeld zweier Aktionsebenen auf der Bühne: der Ebene der Spielhandlung und der Ebene, auf der eben diese Spielhandlung kommentiert und dadurch verfremdet wird.

Episches Theater

Die V-Effekte lassen das Bühnengeschehen „fremd" erscheinen und provozieren das Publikum dazu, *Bekanntes* in neuem, *fremdem* Licht zu sehen und das vermeintlich Bekannte neu kennenzulernen. Viele V-Effekte bewirken, dass auf der Bühne erzählt und kommentiert wird. Dies hat Ähnlichkeiten mit der Funktion eines vermittelnden epischen Erzählers, daher erklärt sich als Bezeichnung für den Brecht'schen Theatertypus der Begriff „episches Theater".

Einflüsse auf Frisch

Frisch hat sich nie als Schüler Brechts, sondern eher als sein kritischer Bewunderer gesehen.[2] Gleichwohl teilte er Brechts radikale Absage an ein naives Theater, das nur unterhält, ohne Reflexionsimpulse setzen zu wollen. Ebenso folgte er Brecht in dessen Auffassung, dass Theater das Publikum zu einer neuen Sicht auf sich und seine Umgebung bringen solle. Um das Publikum davon abzuhalten, sich

[1] Brecht, Schauspielkunst, S. 341

[2] Beispielhaft für Frischs Verhältnis zu Brecht liest sich seine „Rede für Bertolt Brecht" (1948). In: Frisch GW II, S. 330–331

mit einzelnen Figuren zu identifizieren oder sich in die gespielte Handlung einzufühlen, setzte Frisch im Drama „Biedermann und die Brandstifter“ auch Verfremdungseffekte ein: Wenn der Chor auftritt und die Spielhandlung von außen kommentiert oder wenn sich Babette und Biedermann aus ihren Rollen heraus direkt an das Publikum wenden, wird dieses dazu angeregt, sich eine eigenständige Meinung zu bilden, statt sich gespannt von der Spielhandlung fesseln zu lassen, ohne selbst aktiv zu denken. Die Verfremdungseffekte dienen jedoch nicht nur als Denkprovokation; sie verdeutlichen darüber hinaus, dass es sich um eine Spielsituation handelt, nicht um eine Reproduktion echten Lebens auf der Bühne.

Friedrich Dürrenmatt

Künstlerisches Spektrum

Friedrich Dürrenmatt (1921 – 1990) beeinflusste für mehrere Jahrzehnte maßgeblich die Theater- und Dramenlandschaft in Deutschland, Österreich und der Schweiz. Seine 1956 uraufgeführte schwarze Komödie „Der Besuch der alten Dame“ sicherte ihm einen bis heute anhaltenden Weltruhm. Mit dem Werk „Die Physiker“ gelang ihm 1962 ein weiterer Welterfolg. Es folgten zahlreiche Erzählungen, Kriminalromane, Hörspiele, Dramen, theatertheoretische Essays und eigene Inszenierungen am Theater.

Die „schlimmstmögliche Wendung“

Die großen zivilisatorischen Tiefschläge des 20. Jahrhunderts – verkörpert in den Schreckensorten Auschwitz und Hiroshima – hinterließen in ihm eine tief sitzende Skepsis in

Hinsicht auf eine universale Ordnung, in der Geschichte nach einem sinnvollen Plan verläuft. Im Gegenteil: Eine Katastrophe folgt der nächsten, das Weltgeschehen tendiert nach Dürrenmatt ohne Aussicht auf Rettung regelmäßig zur „schlimmstmöglichen Wendung", das Individuum ist fast hilflos den großen gesellschaftlichen Prozessen ausgeliefert. Der einzelne Mensch agiert in einer Welt, die er nicht durchschauen kann. Es ist die Gattung der Komödie, mit der Dürrenmatt meisterhafte Modelle von Situationen auf die Bühne bringt, in denen Menschen mit unangreifbaren Mächten konfrontiert werden, ohne sie durchschauen zu können.

Dürrenmatts Votum für die Komödie

Die Wirkungsmacht seiner Komödien beruht auf großartigem Wortwitz, satirischem Biss und überraschenden, geradezu explosiven *Einfällen.* Der Einfall ist in seiner Wirkung fast wörtlich zu verstehen: Etwas Unvorhergesehenes, Fremdes, Anderes *fällt* in die bestehenden, geordneten Verhältnisse *ein* und führt zu grotesken, verblüffenden Situationen, die das Publikum irritieren und in ihm Denkprozesse auslösen können. Zwischen der Machart von Dürrenmatts Komödien und Frischs Stück „Biedermann und die Brandstifter" lassen sich grundlegende Parallelen aufzeigen.

Parallelen zu Frisch

Wie in Dürrenmatts Komödien finden sich in Frischs Stück „Biedermann und die Brandstifter" gekonnter Wortwitz sowie eingängige Sprachspiele, aberwitzig-groteske Situationen und unvorhersehbare Einfälle. Beide Autoren verbindet zudem ihre Nähe zu Brecht, da sie V-Effekte einsetzten und ein naives, unkritisches Unterhaltungstheater ablehnten. Ihnen gemeinsam ist weiterhin die Lust, mit Formen literarischen Ausdrucks und theatraler Darstellung zu experimentieren.

Unterschiede zu Frisch

Deutliche Unterschiede zeigen sich in ihrer Einschätzung der Bedeutung des Individuums und in der gesellschaftskritischen Ausrichtung ihrer literarischen Texte. Obwohl Dürrenmatt die Welt für undurchschaubar und labyrinthisch hielt, forderte er den *mutigen Menschen.* Dieser verfügt zwar als Einzelner nicht über eine weltpolitische Gestaltungskraft und kann nicht als klassischer Held die gesamte Geschichte beeinflussen, dennoch bleibt er gefordert, mutig Verantwortung für sein Handeln zu übernehmen. Ein solcher Ansatz fehlt in Frischs Werk.

Frischs Zeige- und Modellstücke

Der Zufall im Drama und im Leben

Theatertheoretisch problematisiert Frisch die Festlegung der dramatischen Handlung auf ein vorgefertigtes Schema. Am traditionellen aristotelischen Theater kritisiert er das Modell der permanenten Steigerung eines Konfliktes: Ein Theaterstück wie ein Uhrwerk zu konzipieren, dessen Handlung sich stetig zuspitzt und sich schließlich in Höhepunkt und Katastrophe entlädt, hält er für unwirklich. Demgegenüber favorisierte er eine Dramaturgie des Zufalls, nach der sich der Handlungsverlauf nicht analytisch ableiten und prognostizieren lässt und das Spiel mit den Möglichkeiten von Sein und Handeln Vorrang vor fest definierten Rollenbildern und Aktionsmustern hat.

Kritik am „Imitiertheater"

Frisch lehnt ein Theater, in dem vorgegeben wird, die Wirklichkeit lebensnah zu kopieren, als falsch und widersinnig ab. Abfällig bezeichnete er es als „Imitiertheater"[1], wenn auf der Bühne der Eindruck erzeugt werden soll, dass dort lebensechte Figuren Situationen aus dem Leben nachspielen. Ganz im Gegenteil steht für ihn fest: Theater liefert beispielhafte Modelle für menschliche Handlungsweisen in bestimmten Situationen. Diese Modelle beziehen sich nicht auf eine bestimmte geschichtliche oder politische Situation, sondern sind als allgemeingültige Muster zu verstehen. Demnach ist Realität nicht nachzuahmen, sondern kritisch zu reflektieren. Unabdingbare Voraussetzung dafür ist, dass dem Publikum nichts vorgemacht wird: Es soll

Theater als Modellsituation

[1] Frisch 1976, S. 477

nicht über den Spielcharakter des Theaters getäuscht werden, sondern erkennen, dass das Geschehen auf der Bühne ein Spiel ist. Indem das Bühnengeschehen als Spielsituation erkennbar wird, eignet es sich dazu, bestimmte Verhaltensweisen und Situationen exemplarisch vorzuführen. Es geht im Drama „Biedermann und die Brandstifter" mithin nicht um das Spiel realistisch gezeichneter Figuren, die eine ganz bestimmte Situation nachspielen, sondern um ein Modell grundsätzlicher Verhaltensweisen, die nicht nur einem Biedermann eigen sind, sondern allen „Biedermännern und -frauen" dieser Welt. Nicht zufällig findet sich für „Biedermann und die Brandstifter" auch die Bezeichnung *„Zeigestück"* oder *„Modellstück"*. Mit diesem Ansinnen orientiert sich Frisch an Brechts epischem Theater und an Elementen der Brecht'schen Lehrstücktheorie.

Verfremdung durch Publikumsansprache

Als markantes Beispiel für einen V-Effekt findet sich im Drama „Biedermann und die Brandstifter" die Publikumsansprache. Direkt an das Publikum wenden sich zweimal Babette und einmal Biedermann. Auch die eindringlichen Warnungen des Chores wirken stellenweise wie ein Austausch mit dem Publikum. Eine unmittelbare Publikumsansprache verfremdet deshalb, weil die Figur die herkömmliche Erwartungshaltung, nach der sie sich rollengemäß mit den anderen Figuren, die mit ihr im Stück spielen, unterhält, bricht und etwas Überraschendes unternimmt. Die Ansprache durch eine Bühnenfigur kann beim Publikum eine aktive Auseinandersetzung mit dem Inhalt der Ansprache provozieren. Mit der Selbstrechtfertigung Biedermanns an der Bühnenrampe ist das Publikum gefordert, Stellung zu möglichen eigenen Handlungsoptionen in einer ähnlich gelagerten Situation zu beziehen: „Hand aufs Herz, meine Herren: Was hätten Sie denn getan, Herrgottnochmal, an meiner Stelle? Und wann?" (S. 53)

Rückgriff auf Brechts Lehrstück

Mit dem Untertitel „Lehrstück ohne Lehre" klingt offen der Rückgriff auf eine Textsorte an, die maßgeblich mit dem

Namen Brecht verbunden ist. Das Lehrstück sollte nach Brecht in besonderem Maße die Menschen mit den Mitteln des Theaters dazu anregen, sich mit politischen Zusammenhängen und gesellschaftlichen Prozessen zu beschäftigen.

Lehrstücke als Zeige- und Lernstücke

In den Lehrstücken Brechts geht es um das *Zeigen* von Prozessen und Verhaltensweisen. Dazu soll das Publikum aktiv eingebunden und die Trennung soll zwischen Bühne und Publikum nach Möglichkeit aufgehoben werden. Begünstigt durch die Sparsamkeit der Sprache, der Darstellungsmittel und der Regie- und Bühnenanweisungen ist es möglich, dass die Lehrstücke nicht nur *für* ein Publikum, sondern auch *durch* es gespielt werden, indem sie die von Brecht literarisch fixierten Situationen erörtern, Ursachen und Konsequenzen analysieren und die Ergebnisse ihrer Betrachtung spielerisch umsetzen. Professionelle schauspielerische Ausbildung, präzise Textkenntnis, Requisiten und Charakterdarstellungen treten hinter dem Ziel zurück, Erkenntnis durch aktives Theaterspiel zu befördern. Das *Lehrstück* wird bei Brecht zum *Lernstück*. Es geht mithin um einen Lernprozess, um die produktive Suche aller nach Lösungen und nicht um das Propagieren strenger Lehrsätze. Das Publikum soll nicht mit fertigen Entwürfen bedient und ästhetisch genussvoll unterhalten werden, sondern aktiv mitdenken, um sich Meinungen und Haltungen zu erarbeiten. Wichtig aber ist Brecht, dass politisch falsches Verhalten gezeigt wird und dass daraus Lehren gezogen werden.

Lehrstück ohne Lehre?

Aus dem Untertitel „Lehrstück ohne Lehre" liest sich Frischs gespaltenes Verhältnis zum Lehrstück ab. Für ihn bedeutet schon die Annahme, dass Lehren aus dem Theaterspiel gezogen werden können, eine Anmaßung. Diese Annahme setzt nach Frisch das Wissen um das richtige Verhalten, die richtigen Einsichten voraus. Er aber will auf keinen Fall lehren, sondern Fragen aufwerfen, Sachverhalte diagnostizieren und Denkprozesse einleiten. Dies wiederum eint ihn mit Brecht, denn mit seinem Stück „Biedermann und die Brandstifter“ zeigt er falsches Verhalten. Deutlich skeptischer beurteilt der Schweizer Autor jedoch die Möglichkeiten, aus dem gezeigten Fehlverhalten das richtige Verhalten ableiten zu können.

Wirkung und Rezeption

Welterfolg des Dramas „Biedermann und die Brandstifter“

Als meistinszeniertes und -übersetztes Theaterstück eroberte „Biedermann und die Brandstifter“ die Bühnen der Welt und sicherte damit die internationale Prominenz des Autors. Grund dafür ist u. a. der einfach und klar strukturierte Aufbau des Theatertextes, die eingängige Thematik sowie die inhaltliche Offenheit, die dem Publikum Deutungsspielräume eröffnet. Es ist aber auch diese inhaltliche Offenheit, welche die Interpreten zu einer unermüdlichen Suche nach Antworten trieb.

Offenes Deutungsspektrum

So feierte man während des Kalten Krieges in den sozialistischen Staaten Osteuropas das „Biedermann“-Stück als Beweis für die Neigung bürgerlicher Gesellschaften zum Faschismus. In den westlichen Gesellschaften wurde es eher als scharfe Satire auf die kommunistische Unterwanderung demokratischer Gesellschaften interpretiert. Frisch selbst distanzierte sich später von „Biedermann und die Brandstifter“, weil diesem Text der „Hang zum Sinn“ innewohne. In der Rückschau entspricht diese Selbstkritik Frischs einem Grundzug seines Gesamtwerkes: der Unbestimmtheit. Viele seiner Werke behandeln nämlich das Problem, sich nicht auf eine Haltung, einen Lebensentwurf, eine Zielvorstellung festlegen zu können.

Besonderheit „Nachspiel“

Als Besonderheit im Zusammenhang mit den Wirkungen des Stückes ist das „Nachspiel“ zu nennen, mit dem Frisch seine ursprüngliche Theaterfassung des „Biedermann“-Stoffs ergänzte. Das am 22.09.1958 in Frankfurt a. M. uraufgeführte „Nachspiel" hatte Frisch insbesondere für Aufführungen in Deutschland vorgesehen. Bedeutsam ist es, weil es erheblich die Deutung des Publikums lenkt.

Gezielte Rezeptionslenkung

Das deutsche Nachkriegspublikum konnte angesichts des „Nachspiels" nicht umhin – und das war auch die Absicht Frischs – Parallelen zwischen dem Verhaltensmuster Biedermanns und der jüngsten deutschen Geschichte mit Faschismus, Militarismus und Verdrängung zu sehen. Die Begnadigung von „Großmörder[n]" (S. 85) und hochrangigen Politikern – „Wieder keine einzige Persönlichkeit, die man kennt! Kein einziger Minister, kein einziger Marschall" (S. 78) – lässt an die Straffreiheit, die viele Nationalsozialisten in der Bundesrepublik genossen, denken. Der Beschluss des Himmels, alle zu begnadigen, die in „Uniform" (S. 89) getötet haben, erinnert an die Rechtfertigungsstrategie des „Befehlsnotstandes", auf den sich NS-Kriegsverbrecher beriefen.

Verdrängung in der jungen Bundesrepublik

Die vier Jahre nach dem Zweiten Weltkrieg gegründete Bundesrepublik machte sich den Wiederaufbau Deutschlands zum großen Ziel. Die westlichen Siegermächte, die nach 1945 Entnazifizierungsprozesse durchgeführt hatten, wollten Westdeutschland als Puffer zwischen sich und den sowjetisch dominierten Staaten Osteuropas installieren. Dazu brauchten sie Ruhe, Ordnung und Stabilität: Langwierige Strafermittlungsprozesse konnten da nur stören. Etliche verurteilte Kriegsverbrecher wurden vorzeitig begnadigt und die Entnazifizierungen schon wenige Jahre nach Kriegsende eingestellt.

Altnazis in einflussreichen Stellungen der BRD

Die Nachkriegsgesellschaft investierte zunächst keine Energie in die selbstkritische Auseinandersetzung mit der eigenen verbrecherischen Geschichte. Infolgedessen konnten viele Altnazis bald wieder leitende Stellungen in Politik, Wirtschaft, Verwaltung, Erziehung, Wissenschaft, Medizin, Justiz und Militär bekleiden, ohne je für ihre Verbrechen angeklagt, geschweige denn bestraft worden zu sein. Die wenigen Nazi-Verbrecher, die vor Gericht gestellt wurden, konnten sich oft darauf berufen, nach damals geltendem Recht gehandelt zu haben. Auch blieben viele Unrechtsurteile der NS-Justiz lange Zeit gültig. Junge Soldaten beispielsweise, die sich dem mörderischen Vernichtungskrieg Hitlers durch Desertion aus der Wehrmacht entzogen hatten, blieben bis zu ihrer Rehabilitation am 17.05.2002 in den Augen der bundesdeutschen Verwaltung, Justiz und Politik des Verrats schuldig.

Verhaltene Resonanz auf das „Nachspiel"

Im Gegensatz zum Hauptteil des Stückes setzte sich das „Nachspiel" auf den Theaterbühnen nicht durch und wurde schon wenige Jahre nach seiner Entstehung auch von Frisch zurückgezogen. Ihm engte es die Deutung zu sehr auf eine historische Situation ein und genau das entsprach – wie oben angesprochen – nicht Frischs Grundhaltung.

Das Drama „Biedermann und die Brandstifter“ in der Schule

Der Blick auf die Figuren: Die Personencharakterisierung

Eine literarische Figur charakterisieren – Tipps und Techniken

In einer literarischen Charakterisierung analysiert man neben den äußeren Merkmalen besonders die inneren Wesenszüge einer literarischen Person. Auf diesem Wege gelangt man zu einer Gesamtinterpretation der Figur. Sämtliche Elemente der Charakterisierung – äußere Merkmale, charakterisierende Aussagen sowie weiterführende Deutungen – basieren auf der Textvorlage. Bei einem dramatischen Text ist es dabei wichtig, nicht nur die Figurenreden zu untersuchen, sondern auch die Regieanweisungen. Durch direkte und indirekte Textbelege lassen sich die Aussagen über die zu charakterisierende Figur in nachvollziehbarer Weise begründen.

Für die Erarbeitung einer literarischen Charakterisierung können unter anderem folgende Aspekte und Leitfragen von Bedeutung sein:

1. Personalien und sozialer Status
- Was erfahren wir über den Namen, das Geschlecht, das Alter und den Beruf der Figur?
- Werden auffällige äußere Merkmale beschrieben?
- Wie stellen sich Lebensverhältnisse und das soziale Umfeld der Figur dar?
- Gibt es Informationen zur Vorgeschichte der Figur?

2. Wesentliche Charaktereigenschaften

- Zeigt die Figur typische Verhaltensweisen und Gewohnheiten?
- Was sind ihre hervorstechenden Wesensmerkmale und Charakterzüge?
- Welche Umstände prägen und bestimmen ihre Existenz?
- Welches Bild hat die Figur von sich selbst?
- Welche inneren Einstellungen, welches Weltbild hat sie?
- Zeigt die Figur eine Veränderung in ihren äußeren Merkmalen bzw. eine innere Entwicklung?
- Wie wird sie durch die anderen Figuren wahrgenommen?
- Welcher Art sind die Beziehungen zwischen ihr und anderen Figuren?

3. Sprachgebrauch und Sprachverhalten

- Wie kann man den Sprachgebrauch der Figur allgemein beschreiben (Sprachebene, Sprachstil)?
- Welche Auffälligkeiten lassen sich auf Satz- und Wortebene erkennen (Satzbau, Wortwahl, ...)?
- Welche kommunikativen Aussagen werden durch die nonverbale Kommunikation (Gestik, Mimik, Körperhaltung) transportiert?
- Welches Gesprächsverhalten, welche Gesprächsstrategien verfolgt die Figur?

4. Zusammenfassende Bewertung

- Wie lässt sich die Funktion der Figur für das Drama beschreiben?
- Welche Gesamtdeutung der Figur ergibt sich aus den unter 1.–4. gewonnenen Erkenntnissen?

Diese Zusammenstellung dient als „Checkliste" für die Erarbeitungsphase der Charakterisierung.

Die folgenden Ausführungen zu den wichtigsten Figuren des Dramas bieten die wesentlichen inhaltlichen Anhaltspunkte für die Gestaltung einer Charakterisierung.

Gottlieb Biedermann

1. Personalien und sozialer Status

Mit Gottlieb Biedermann begegnet uns ein Mann in vermutlich mittleren Jahren, der ein Haarwasserunternehmen besitzt. Seit mindestens 14 Jahren leitet er das Unternehmen (vgl. S. 63) und hat sich aus Gründen des betrieblichen Vorteils in der Vergangenheit auch schon mit den Herrschenden arrangiert, obwohl er sie für „Halunken" (S. 49) hielt. Er genießt hohes öffentliches Ansehen, was sich daraus ableiten lässt, dass er die Feuerwehr mit einer nennenswerten Spende unterstützt (vgl. S. 46) und dass er im Wirtshaus als Wortführer seines Stammtisches (vgl. S. 12) auftritt. Allerdings wird nichts Näheres über etwaige Freunde oder Bekannte geäußert. Sein komfortabler Lebensstandard zeigt sich an luxuriösen Ausstattungsgegenständen der Inneneinrichtung seines Hauses (vgl. S. 50–52), an seinem kostbaren Weinkeller (vgl. S. 53, S. 58) und an seiner Beschäftigung einer Hausangestellten. Auch einen Rechtsanwalt kann er sich leisten (vgl. S. 21). Dingsymbolisches Markenzeichen für Biedermanns gutbürgerlichen sozialen Status ist die Zigarre, die er sich regelmäßig gönnt.

2. Wesentliche Charaktereigenschaften
2.1 Der solide Bürger

Biedermann tritt von Anfang an als jemand auf, dem es wichtig ist, nach außen hin als der tatkräftige und korrekte Macher zu wirken, der in der Öffentlichkeit, im Betrieb und im Privaten den Ton angibt: Im Wirtshaus poltert er vermeintlich engagiert und mutig gegen die Brandstifter, fordert sogar vollmundig deren sofortige Hinrichtung (vgl. S. 12). Als Arbeitgeber besteht sein Interesse darin, die Arbeitskraft seiner Angestellten optimal zu nutzen, ohne sich ihnen menschlich verbunden zu fühlen. Es geht ihm nur um die kapitalistische Geschäftslogik: Leistung und Gegenleistung. Solange die Angestellten ihre Leistung erbringen, bleibt er korrekt, aber unnahbar. Sobald sie aber aufbegehren und dadurch den ökonomischen Status Biedermanns zu gefährden drohen, wird er zum erbitterten Kämpfer um sein Eigentum mit allen Mitteln. Beispiel dafür ist sein langjähriger Angestellter Knechtling, der einen größeren Anteil am Unternehmensprofit einfordert. Biedermann droht ihm trotz dessen angespannter sozialer Situation mit Rechtsanwalt und Gericht; er animiert ihn sogar zum Selbstmord (vgl. S. 16). Als sich Knechtling in seiner Verzweiflung tatsächlich umbringt, versteht es sich für Biedermann von selbst, zu dessen Beerdigung einen Kranz mit „Schleife" (S. 38) zu schicken. Dabei spielt weder das tatsächliche Verhältnis der beiden untereinander eine Rolle noch etwaige Gewissensbisse Biedermanns. Hier geht es ihm darum, der gesellschaftlichen Norm zu genügen: „Hauptsache, daß es ein Kranz ist" (S. 38). Zu seinem Selbstbild von einem soliden Bürger mit gutem Gewissen gehört auch, dass er für die Feuerwehr spendet und gelegentlich aus Mitleid Vertretern Ramsch abkauft (vgl. S. 9). Im Privaten tritt er als patriarchaler Macher gegenüber seiner Frau Babette auf. Er trifft die unternehmerischen Entscheidungen (vgl. S. 21) und auch die wichtigen im Haushalt. „Tu, was ich dir sage." (vgl. S. 41), befiehlt er Babette vor dem Abendessen mit den Brandstiftern und formuliert damit seine Grundeinstellung hinsichtlich der Ehe, in der sich die Frau im Zweifelsfall immer dem Mann zu fügen hat. Schließlich gehört für ihn auch ein bestimmter Bildungsanspruch zum bürgerlichen Selbstverständnis. Dazu zählt für ihn die regelmäßige Zeitungslektüre (vgl. S. 8, S. 15). Auch kennt er zumindest ansatzweise einige wichtige literarische Texte wie „Hamlet", „Macbeth", „Jedermann" und „Don Juan oder Der steinerne Gast" (vgl. S. 61 f.).

Im Gegensatz zu seiner familiären und unternehmerischen Selbstsicherheit reagiert er auf das keck-joviale Auftreten der

2.2 Kleinmut und Verdrängung

Brandstifter verunsichert und verängstigt. Aus Angst vor möglichem eigenen Schaden und eigenen Verlusten geht er nicht auf vorsichtige Distanz zu den zwielichtigen Gästen, sondern steigert sich in die ebenso irrige wie unheilvolle Vorstellung, deren Gunst durch übertriebene Freundlichkeit und vorauseilende Unterwerfung erwerben zu können: Dann sind „wir eben Freunde" (S. 41), versucht er Babette zu überzeugen. Jedweden noch so offensichtlichen Hinweis auf die drohende Brandgefahr verdrängt er ebenso konsequent wie die zaghaft geäußerten Bedenken seiner Frau. So will er nicht zugeben, dass er selbst die Benzinfässer auf dem Dachboden gesehen hat (vgl. S. 32). Gegenüber dem Chor beteuert er: „Also, meine Herren, ich rieche nichts" (S. 40). Während Eisenring in aller Seelenruhe vor Biedermanns Augen Vorrichtungen für die anstehende Brandstiftung auf dem Dachboden trifft (vgl. S. 42–46), reagiert Gottlieb mit höflichem Lachen, ungläubigem Schweigen und schließlich sogar mit tatkräftiger Mithilfe: Er beteiligt sich daran, die Zündschnur zu verlegen (vgl. S. 45). Seinen wenigen zögerlichen Versuchen, Eisenring zur Rede zu stellen („ist wirklich Benzin in diesen Fässern?", S. 43), fehlt jede Schärfe und jede Verbind-

Gottlieb Biedermann (Berliner Ensemble, 2002)

lichkeit. Auf die harmlose Gegenfrage Eisenrings („Sie trauen uns nicht?", S. 43) reagiert er kleinlaut: „Ich frag ja nur." (S. 43) Gegenüber den Brandstiftern scheut er ab der vierten Szene klare Fragen und konfrontative Maßnahmen. Seine ganze Aufmerksamkeit und Hoffnung richtet er auf seine Strategie, die Brandstifter für sich einzunehmen, um von ihnen als „Freund" (S. 43) geschont zu werden: „Wenn ich sie anzeige, die beiden Gesellen, dann weiß ich, daß ich sie zu meinen Feinden mache." (S. 41) An Biedermann zeigt sich beispielhaft, wie ängstlicher Kleinmut dazu führen kann, die Augen vor der Gefahr so lange zu verschließen, bis die Katastrophe unaufhaltsam ihren Lauf nimmt.

3. Sprachgebrauch und Sprachverhalten

Wie sein gesamtes Verhalten unterscheidet sich auch seine Sprachpraxis je nach Adressatengruppe. Gegenüber Anna formuliert er fast nur Befehlssätze mit unpersönlichen sachbezogenen Anweisungen. Auch gegenüber seiner Frau greift er mitunter zu sehr drastischen Kommandos wie „Natürlich mit Schleife!" (S. 38), „Tu, was ich dir sage." (S. 41) oder „Mach einen Kaffee, Babette!" (S. 64). Zudem neigt er dazu, sie als ängstlich darzustellen, um von seiner eigenen Unsicherheit abzulenken. „Alles mit Maß [...], meine Frau ist kreidebleich." (S. 64), fordert er von den Brandstiftern, ohne anzuerkennen, dass er selbst auch völlig schockiert ist, wie Babette etwas entrüstet entgegnet: „Und du?!" (S. 64) In seinem Gespräch mit den Brandstiftern zu Beginn der sechsten Szene versucht er, sich auf Kosten seiner Frau mit den Gästen zu solidarisieren. Sie kann nicht nachvollziehen, warum die „Putzfäden" (S. 54) als Mittel zur Brandentzündung und -beschleunigung witzig sein sollen. Ihrem in der Sache völlig berechtigten Einwand begegnet Gottlieb, indem er sie als begriffsstutzig und humorlos bloßstellt: „Du hast keinen Humor, Babettchen.", „Ja? Hast du verstanden?" (S. 54). Die Verniedlichung des Vornamens und die nachdrückliche Nachfrage wirken herablassend und entwürdigend. Er opfert die Wür-

de seiner Frau, um sich bar jeden Sachverstands mit Schmitz und Eisenring gemeinzumachen. Am Schluss der sechsten Szene bedient er sich im Angesicht der brennenden Stadt nochmals dieser Verniedlichungsform, um das berechtigte Entsetzen seiner Frau zu entwerten: „Wenn die wirkliche Brandstifter wären, du meinst, die hätten keine Streichhölzer? ... Babettchen, Babettchen!“ (S. 68)
Als weiteres Sprachmuster fällt bei Gottlieb neben seinem kompromisslosen Imperativ gegenüber Anna und Knechtling die Verbrämung aller Verdachtsmomente als Scherz auf. Jeden noch so drastischen und offenkundigen Hinweis auf die Gefahr, die von den Brandstiftern ausgeht, deutet er vorgeblich stur als Scherz, um sich selbst zu beruhigen und um der Auseinandersetzung mit den Verbrechern und der Gefahr auf seinem Dachboden aus dem Weg zu gehen (vgl. S. 46, S. 54–55, S. 64–65). Alles als Scherz umzudeuten, fungiert in Biedermanns Sprachpraxis als Ausrede. Weiterhin verrät sein Sprachgebrauch seine Unehrlichkeit, denn er handelt nicht so, wie er spricht und denkt. Seiner geradezu panischen Angst vor Brandstiftung entspricht sein großmäuliges Auftreten im Gasthaus, bei dem er fordert, Brandstifter aufzuhängen (vgl. S. 12). Seiner Angst entspricht auch, dass „keiner“ (S. 9) im Haus beherbergt wird. Ganz im Gegensatz dazu gewährt er Schmitz Obdach – anfänglich sogar hinter dem Rücken seiner Frau – und wohnt tatenlos den Planungen zur Brandstiftung in seinem Haus bei. Hinsichtlich seines Sprachgebrauchs fällt außerdem auf, dass er sehr wohl weiß, wie er Sprache überzeugend als Drohgebärde einsetzen kann. In seinen Aussagen gegenüber Knechtling und der Witwe Knechtling (vgl. S. 16, S. 50) benutzt er juristische Formulierungen, um sein Gegenüber einzuschüchtern. Seine politischen Stellungnahmen (vgl. S. 44f.) enthalten theoretische und politische Fachbegriffe, die bei Gottlieb allerdings nur als inhaltslose Schlagwörter in politischen Diskussionen dienen.

Der erfolgreiche Haarwasserfabrikant Biedermann verfolgt als Hauptziel die Sicherung seines komfortablen bürgerlichen Lebensstandards und seiner Unternehmensgewinne. Geschäftlich überragt seine Gewinnorientierung jedwede menschliche Regung: Sein Verhältnis zur Hausangestellten Anna bleibt völlig unpersönlich. Die Ansprüche seines Angestellten Knechtling auf stärkere Teilhabe am Unternehmenserfolg weist er zynisch zurück; von dessen Selbstmord und dem Auftritt der verarmten Witwe zeigt er sich nicht im Mindesten beeindruckt. So energisch er seinen sozialen Status und seine unternehmerische Stellung gegenüber Untergebenen verteidigt, so jämmerlich flüchtet er sich in hanebüchene Ausreden, wenn es darum geht, außergewöhnlichen Herausforderungen zu begegnen. Angesichts der Gefahr, die offenkundig von seinen Gästen ausgeht, scheut er die ehrliche Auseinandersetzung mit dem Unheil, das sich über seinem Kopf verdichtet. Stattdessen biedert er sich dem Bösen an, um nicht dagegen kämpfen zu müssen.

4. Zusammenfassende Bewertung

Babette Biedermann

Biedermanns Ehefrau Babette wird als standesgemäß ausgestattete Unternehmersgattin eingeführt. Sie trägt Schmuck und elegante Kleidung, lebt in einem Haushalt mit kostspieliger Inneneinrichtung und nimmt wie ihr Ehemann selbstverständlich die Leistungen eines Dienstmädchens in Anspruch. Zudem geht aus Szene 6 hervor, dass sie über ein gewisses bürgerliches Bildungsniveau verfügt und mit ihrem Mann bereits kulturelle Veranstaltungen wie die Theateraufführung des „Jedermann" in Salzburg gesehen hat (vgl. S. 61). Zu ihrer Vorgeschichte erfährt man, dass sie bereits längere Zeit mit Gottlieb verheiratet ist und schon einmal eine Situation erlebt hat, in der ihr Mann aus Feigheit opportunistisch handelte (vgl. S. 49). Lediglich am Ende von Szene 1 wird angedeutet, dass sie außer Haus

1. Personalien und sozialer Status

eine Aktivität wahrgenommen hat, es lässt sich nur vermuten, dass sie dort private Kontakte gepflegt hat. Ansonsten werden persönliche Beziehungen außerhalb des Hauses im Text nicht erwähnt.

2. Wesentliche Charaktereigenschaften
2.1 Traditionelles Rollenbild

Babette definiert sich über ihre Position als Ehefrau Gottliebs. Dazu gehört für sie, dass ihr Ehemann in jeder Hinsicht den Ton angibt. Ihr Aufgabenfeld liegt in der Koordinierung des Haushalts; standesgemäß wird sie von Anna unterstützt: „Damit Sie's wissen, Anna: Sie haben dann heute abend keinen Ausgang. Wir haben Gesellschaft. Sie decken den Tisch für vier Personen.“ (S. 41) Stehen im Bereich des Haushalts wichtige Entscheidungen an, richtet sie sich nach den Vorgaben ihres Mannes. Ihr obliegt es, die Entscheidungen Gottliebs umzusetzen: „Mein Mann hat eine Gans bestellt, bitte, da ist sie. Und ich soll sie braten!“ (S. 49) Sie gibt zwar gelegentlich Widerworte („Schrei mich nicht an.“, S. 21), meldet auch Bedenken an und äußert ihr Unbehagen (vgl. S. 54), fügt sich aber letztlich immer ihrem Mann, sogar im finalen Untergang, als Gottlieb verharmlost, den Gästen die Streichhölzer gegeben zu haben (vgl. S. 68). Insgesamt akzeptiert sie, dass ihr Mann alle wesentlichen Entscheidungen trifft, auch wenn sie im Einzelnen nicht vollends davon überzeugt ist. Im Gegenzug erwartet sie aber von ihrem Mann die Wahrnehmung klassischer „männlicher“ Aufgaben wie den Schutz und die Verantwortung. Ihn sieht sie in der ehelichen Pflicht, „persönlich nachzuschauen, ob kein Brandstifter da ist“ (S. 19). Desgleichen tritt sie die Verantwortung für alle Entscheidungen an ihn ab. Da ihr Mann allein entscheidet, trägt er allein die Verantwortung für das Schicksal der Biedermanns. Die Delegation von Verantwortung benutzt sie in der Hölle des „Nachspiels“, um sich zu rechtfertigen: „Ich habe keine [Streichhölzchen] gegeben.“ (S. 81)

2.2 Prägung durch Anstandsnormen

Viele Äußerungen und Handlungen Babettes resultieren aus ihrer Orientierung an gesellschaftlichen Maßstäben für gutes Benehmen im Sinne der Rollenerwartungen, denen die bürgerliche Ehefrau der westlichen Gesellschaften in den 50er- und 60er-Jahren des 20. Jahrhunderts genügen musste. Dazu gehört zunächst, wie bereits ausgeführt, dass sie sich vollständig den Erwartungen an ihre Rolle als Ehefrau fügt. Sie akzeptiert ihren Status in der Ehe als fügsame Partnerin ihres Mannes. Ihre Unterordnung unter die sozialen Konventionen verhindert, dass sie sich aktiv eine Meinung bildet. Ihre Unselbstständigkeit erlaubt es ihr nicht, selbstbewusst auf den grobschlächtigen Schmitz zu reagieren. Zu sehr ist sie während des Frühstücks auf die Beachtung bürgerlicher Umgangsformen bedacht. Diese Umgangsformen wirken mächtiger auf sie als ihre innere Einstellung, ihre geheimen Vorahnungen und Ängste (vgl. S. 24–26). Ein Beispiel für ihre Prägung durch gesellschaftliche Normen ist ihr Hinweis an Anna, auf keinen Fall einen Freund „im Haus" (S. 18) zu verstecken. Obwohl sie um das zerrüttete Verhältnis zwischen Knechtling und ihrem Mann weiß (vgl. S. 21), ist es für sie selbstverständlich, mit einem Grabkranz für Knechtling den Gepflogenheiten offizieller Anteilnahme zu entsprechen (vgl. S. 51). Auch wenn es ihr sehr wichtig ist, so zu handeln, wie „man" es von ihr erwartet, behauptet sie, kein „Spießer" (S. 18) zu sein und „nichts auf Äußerlichkeiten" (S. 25) zu geben. Das glatte Gegenteil ist jedoch der Fall, die konsequente Orientierung an sozialen Normen und Erwartungshaltungen bestimmt ihr Handeln.

2.3 Ansätze von Kritik

Bei aller standesgemäßen Zurückhaltung und Selbstdisziplinierung repräsentiert Babette nicht nur das unselbstständige, abhängige Anhängsel ihres Mannes. In einigen Rückfragen sowie in diversen Ermahnungen wird ansatzweise eine eigenständige kritische Haltung deutlich. So ahnt sie die Gefahr nicht nur (vgl. S. 49) – das gilt auch für ihren Mann –, sondern sie thematisiert sie auch im Gespräch (vgl. S. 20) mit Gottlieb. Anders als ihr Mann, der die Benzinfässer ignoriert, die Lunte hält (vgl. S. 42–45) und die Streichhölzer besorgt (vgl. S. 68), unterstützt sie die Brandstifter nicht als aktive Mittäterin. Insgesamt jedoch fehlt Babette die selbstbewusste Unabhängigkeit, aus der heraus sie das traditionelle Rollenbild der fügsamen Ehefrau überwinden und ihre leise Kritik zu Gehör bringen könnte. Damit geht einher, dass sie aufgrund ihres bürgerlichen Rollenverständnisses auch nicht die sprachlichen Mittel einsetzen kann, um sich aufdringlicher Verbrecher selbstsicher zu erwehren.

3. Sprachgebrauch und Sprachverhalten

Babettes Sprachgebrauch ist durch äußerste Selbstdisziplin gekennzeichnet, hinter der sie fast durchgängig ihre Gefühle und ihre wahren Absichten verbirgt. Emotional regungslos geht sie mit Anna um, zu der sie ausschließlich im Befehls- und Anweisungston spricht. Gegenüber ihrem Mann deutet sie Bedenken oder abweichende Einstellungen nur an, was sich in Gedankenstrichen („Gottlieb –", S. 68) oder sehr vorsichtigen Rückfragen, wie zum Beispiel „Dann?" (S. 41), zeigt. Sehr offen formuliert sie ihre Unzufriedenheit mit Gottlieb nur zweimal: Sie wehrt sich gegen Gottliebs Lautstärke (vgl. S. 21) und gegen den ordinären Charakter seiner Ausführungen (vgl. S. 21). In beiden Fällen kritisiert sie eher Ton und Form als den Inhalt der Äußerungen Gottliebs. Hier zeigt sich ein für sie typisches Sprachverhalten: Über Unschönes und Unappetitliches unverblümt zu sprechen, ziemt sich nach ihrem Empfinden nicht. Diese Haltung setzt sich in den Gesprächen mit den Brandstiftern fort. In der zweiten Szene verfolgt sie das Ziel, Schmitz in „aller Freundlichkeit" (S. 21) wegzuschicken. Um diese Freundlichkeit zu markieren, will sie ihm die Botschaft mittels eines Frühstücks versüßen. Schmitz kommt ihr nicht in der gewünschten Weise entgegen, sondern irritiert sie erheblich durch seine sehr direkten Aussagen. Ohne Umschweife spricht er aus, was sie nur denkt: „Sie möchten mich los sein? [...] Madame halten mich also für einen Brandstifter –" (S. 23) Damit kann sie nicht umgehen. Bezeichnend für ihr Sprachverhalten antwortet sie „so würd ich es nicht sagen“ (S. 23), denn das wäre ihr zu direkt, zu schonungslos. Sprache transportiert für Babette nicht unbefangen und neutral Informationen, sondern nur das, was „man“ eben in der guten Gesellschaft sagen darf. Indem Schmitz sprachlich gänzlich gegenteilig vorgeht, drängt er sie in die Defensive. Ihr bleibt nur der wiederholte Hinweis darauf, dass sie bestimmte Absichten nicht ausgesprochen hat oder fortwährend missverstanden wird. Mit zahlreichen Formulierungen wie „das habe ich ja gar nicht gesagt“ (S. 25) ist sie zwar im Recht – sie hat es wirklich nicht ausdrücklich ausgesprochen –, aber sie gerät zunehmend in eine Position der Selbstrechtfertigung. Sie dementiert, beschwichtigt und gibt schließlich ihre ursprüngliche Absicht auf. Es liegt ihr fern, Schmitz klar und bestimmt mit ihrer Position zu konfrontieren. Indem sie mehrmals bedauert, nicht verstanden zu werden (vgl. S. 23–25), verweist sie ungewollt und unbewusst auf das Kernproblem der Kommunikationssituation: Schmitz will sie nicht verstehen. Dem hat sie nichts anderes entgegenzusetzen als Floskeln des Mitleids und des Verständnisses (vgl. S. 24f.). Auch während des gemeinsamen Abendessens mit den Brandstiftern in Szene 6 bringt sie ihr Unbehagen hinsichtlich zweifelhafter Informationen der Brandstifter nicht offen zum Ausdruck. Ihre sprachliche Reaktion beschränkt sich auf die unkommentierte Wiederholung bestimmter Kernelemente aus der Aussage ihres Gegenübers in Frage- oder Antwortform. Als Eisenring berichtet, „[i]m Gefängnis haben wir auch kein Tischtuch gehabt“, erwidert sie: „Im Gefängnis –?“ (S. 56) Diese Art, auf Unliebsames zurückhaltend und vorsichtig zu reagieren, ist kein Einzelfall: Sie ist geradezu bezeichnend für Babette, sodass hier von einem festen Sprachmuster gesprochen werden kann. Insgesamt lässt sich festhalten, dass Babettes Sprachverhalten nicht geeignet ist, um angemessen auf die realen Entwicklungen und Herausforderungen ihrer Umwelt zu reagieren.

4. Zusammenfassende Bewertung

Babette zeichnet sich durch einschlägige Qualitäten einer unbescholtenen bürgerlichen Unternehmersgattin aus: standesgemäß gebildet, taktvoller Sprachgebrauch, äußerste Zurückhaltung in allen Fragen, die außerhalb der häuslichen Gemeinschaft liegen, keine offene Kritik an ihrem Mann, sondern treue Ergebenheit. Widerspruch gegen Gottlieb formuliert sie nur selten und eher zaghaft. Einfluss auf seine Entscheidungen als Unternehmer oder als Hausvater nimmt sie keinen. Gleichwohl zeigt sich mit ihr nicht nur die durch bürgerliche Konventionen deformierte Rolle der Frau, sondern auch der Ansatz eines punktuell und leise vernehmbaren schlechten Gewissens, dem aber die sprachliche Kraft und die soziale Autorität fehlen, um den Gang der Dinge maßgeblich zu beeinflussen.

Anna

1. Personalien und sozialer Status

Anna arbeitet als Dienstmädchen im Haushalt der Biedermanns. Es finden sich keine direkten Hinweise auf ihr privates Umfeld. Einen Freund hat sie nicht (vgl. S. 18) und andere Bekannte werden nicht erwähnt – ebenso nichts über ihr Privatleben oder ihre Vorgeschichte. Als äußeres Merkmal fällt lediglich ihr weißes *„Schürzchen“* (S. 8) als Teil ihrer Berufsbekleidung auf. An ihrem Arbeitsplatz hängt ihr Handeln ausschließlich von den Entscheidungen ihres Arbeitgebers ab.

2. Wesentliche Charaktereigenschaften

2.1 Handeln als Reflex auf Anweisungen

Annas zentrale Eigenschaft besteht in ihrer nahezu reflexhaften Pflichterfüllung. Eigene Entscheidungen trifft sie keine. Im Gegenteil: Sie handelt, wenn andere etwas entschieden haben und umsetzen wollen. Dementsprechend tritt sie nur dann auf, wenn sie herbeigerufen wird, wenn sie einen Auftrag ausführt oder wenn sie Nachrichten für andere überbringen muss, wie zum Beispiel die Anwesenheit Schmitz’ oder die Ankunft des Polizisten (vgl. S. 9, S. 33). Ihr Handeln ist ausschließlich von außen, von Dritten, motiviert. Individuelle Motive ihres Tuns bleiben im Dunkeln. Deutlich erkennbar ist jedoch, dass in ihrem beruflichen Umfeld auch kein persönliches Klima herrscht. Sie wird ohne Ausnahme als Dienstleisterin wahrgenommen und in Anspruch genommen. Mehr als ihr berufliches Funktionieren ist bei ihren Arbeitgebern, den Biedermanns, nicht gefragt.

2.2 Sachliche Routine und ihre Grenzen

Ohne Widerworte nimmt Anna die zahlreichen Anweisungen und Aufträge entgegen und kommt ihren hauswirtschaftlichen Verpflichtungen nach. Gleichsam roboterhaft erfüllt sie jeden Auftrag postwendend. Dabei hat sie sich eine gewisse hauswirtschaftliche Berufsroutine erworben, wofür zum Beispiel ihr unauffälliger Auftritt gleich zu Beginn der Szene 1 spricht: Sie *„bringt eine Flasche Wein"* (S. 8), was wohl zu den abendlichen Ritualen im Haushalt gehört. Sogar angesichts aberwitzig wirkender Befehle erfüllt sie ihren Dienst in einer gleichsam mechanischen Korrektheit. So bringt sie in Szene 6 alle Requisiten eines vornehm gedeckten Tisches, die sie noch kurz zuvor abräumen und verstecken musste, auf Biedermanns Geheiß pflichtgemäß wieder herbei (vgl. S. 56–57). Geradezu grotesk wird es, wenn sie angesichts der ausbrechenden Brandkatastrophe völlig unbefangen den von Babette bestellten „Kaffee" (S. 67) ankündigt. An die Grenzen stößt das reibungslose Funktionieren ihrer Routine in Szene 5, in der sie ungewollt mit ihrem sachlich korrekten Handeln Biedermanns Entsetzen hervorruft. Er möchte anlässlich des Abendessens mit den Brandstiftern alles verschwinden lassen, was auf Reichtum und Komfort hindeutet. Anna gehorcht folgsam, signalisiert aber mit ihren Antworten unbeirrt, dass Silber, kostbare Dekoration und wertvolle Textilien zum Alltag im Hause Biedermann gehören: „Haben wir aber immer" (S. 50), entgegnet sie Biedermann. Anna bleibt korrekt, deckt aber ungewollt in Szene 5 die Verstellung ihres Arbeitgebers auf.

2.3 Mangel an Individualität

Zu ihrem weitgehend unpersönlichen Erscheinungsbild passt, dass sie im Figureninventar mit dem unbestimmten Artikel benannt wird: *„ein Dienstmädchen"* (S. 6). Hinweise auf individuelle Züge dieser Figur finden sich nur sehr spärlich. Als erster Hinweis in diese Richtung kann gewertet werden, dass Schmitz sie für clever hält und sich von ihr durchschaut fühlt: „Wenn's auf die ankäme, ich glaub, ich stünde draußen im strömenden Regen." (S. 23) Weitere Signale individueller Regungen liefern emotionale Ausnahmezustände. Zum Ende der fünften Szene beauftragt Biedermann sie, „nicht alles so ordentlich" (S. 52) in der Stube aussehen zu lassen. Angesichts dieses Befehls zur Unordnung stampft sie fast entfesselt auf ein gefaltetes Tischtuch und verlässt den Raum wortlos. Dabei grüßt sie nicht die eintretenden Brandstifter (vgl. S. 53). Als zu viele sich einander widersprechende Anweisungen ihren Erfüllungswillen in Szene 6 überfordern, bricht sie *„in Heulen aus, dreht sich und läuft weg"* (S. 57). Vor dem „Jedermann"-Spiel äußert sie „Angst" (S. 61) wegen der ungewohnten gespenstischen Atmosphäre.

3. Sprachgebrauch und Sprachverhalten

Annas sprachliche Äußerungen sind durch extreme Knappheit geprägt. Entsprechend der Logik von Befehl und Gehorsam, die ihr Verhältnis zu den Biedermanns prägt, gibt sie in der Regel Antworten im Umfang von einem oder wenigen Wörtern (z. B. „Servietten", S. 51) oder in kurzen Sätzen. Von diesem Sprachverhalten weicht sie nur in Situationen extremer Überforderung ab. Solche finden sich in Szene 1, als der kräftige Schmitz das Haus nicht verlassen will (vgl. S. 9), und in Szene 6, als sie hilflos bekennen muss, das Ansinnen des Dr. phil. nicht zu verstehen (vgl. S. 60).

4. Zusammenfassende Bewertung

In ihrer Reduzierung auf Befehlserfüllung und Anweisungsgehorsam wirkt die Figur der Anna weitgehend wie ein emotionsloser, stumpfer Erfüllungsgehilfe, der weder die Anweisung selbst noch deren Folgen oder die eigene Verantwortung dafür reflektiert. In ihrer geradezu maschinenhaften Hörigkeit repräsentiert Anna einerseits die bedingungslose Fügung in die Kausalität von Befehl und Gehorsam, andererseits aber auch die existenzielle Abhängigkeit des Angestellten von seinem Arbeitgeber. Auch wenn Anna insgesamt fast keine persönlichen Regungen zeigt, wird an Schmitz' Respekt vor ihr punktuell ein Ansatz robuster, tatkräftiger Eigenständigkeit deutlich.

Schmitz

1. Personalien und sozialer Status

Josef (Sepp) Schmitz fällt zu Beginn allein durch seine kraftvolle körperliche Statur auf. Als *„Athlet"* (S. 10) im Nebentext beschrieben, stellt er sich als arbeitsloser und obdachloser „Ringer von Beruf" (S. 10) vor. Neben seiner athletischen Gestalt beeindrucken äußerlich die *„Tätowierung am Arm"* und die *„Lederbinde um die Handgelenke"* (S. 10). Seine Kleidung und sein Äußeres lassen vermuten, dass er aus sozialen Randbereichen stammt und Kontakte zu kriminellen Kreisen und Aktionen hatte (vgl. S. 10). Zu seiner Vorgeschichte lässt er verlauten, dass er im Zirkus und im Theater arbeitete (vgl. S. 13, S. 61), die beide bezeichnenderweise zwischenzeitlich abgebrannt sind. Gegenüber Babette erwähnt er seine karge Jugendzeit als Sohn eines Köhlers, den Verlust der Mutter, seinen Aufenthalt im Waisenhaus, Hunger und fehlende Ausbildung (vgl. S. 24 f.). Als sozialer Kontakt von Schmitz tritt nur sein Kumpan Willi Eisenring auf, den er heimlich in das Haus Biedermann einschleust. Eisenring erwähnt, dass Schmitz „aus dem Gefängnis" (S. 43) komme.

2. Wesentliche Charaktereigenschaften
2.1 Grundsätzliche Gewaltbereitschaft

Gezielt setzt Schmitz Verweise auf seine körperliche Stärke ein, um einzuschüchtern. Gleich zu Beginn baut er sich im Flur auf und verlässt trotz mehrfacher Anweisungen nicht das Haus, wie Anna verzweifelt angibt: „ich kann diesen Menschen nicht vor die Tür werfen. Ich kann's nicht! [...] Nämlich er ist sehr kräftig ..." (S. 9). Die drei Punkte signalisieren als vieldeutiges Auslassungszeichen, wie ohnmächtig und hilflos sich Anna gegenüber dem riesenhaften Eindringling fühlen muss. Im Gespräch mit Biedermann erwähnt er in gespielter Naivität die Angst der Leute vor einem Menschen, der „so gewachsen ist“ (S. 11) wie er. Scheinbar beiläufig ergänzt er, dass Widerworte schon zu gebrochenen Schultern geführt haben (vgl. S. 14). Neben Körperverletzung gehört auch Diebstahl zu seinen kriminellen Praktiken. Um die Holzwolle zu besorgen, ist es für ihn selbstverständlich, diese zu stehlen, wie Eisenring bemerkt (vgl. S. 44). Zudem drängt sich der Verdacht auf, dass Schmitz an den Bränden in seinen ehemaligen Arbeitsstätten, dem Zirkus und dem Theater, nicht unbeteiligt war.

2.2 Anmaßende Aufdringlichkeit

Penetrante Zudringlichkeit gehört zu den hervorstechendsten Eigenschaften von Schmitz. Zuerst ignoriert er die Anweisungen Annas, um daraufhin ohne Anmeldung in Biedermanns Stube zu platzen (vgl. S. 10). Ohne Hemmungen weitet er eigenmächtig Biedermanns Angebot von Brot und Wein aus: „etwas Butter. Etwas Käse oder kaltes Fleisch oder so. Nur keine Umstände. Ein paar Gurken, eine Tomate oder so, etwas Senf“ (S. 11 f.). Dreist hatte er zuvor auf Biedermanns Frage, ob er etwas Brot wolle, geantwortet: „Wenn sie nicht andres haben ...“ (S. 11) Das ihm fremde Dienstmädchen seines Gastgebers behandelt er dabei mit gönnerhafter Überheblichkeit. Als sie ihm das reichliche Essensangebot bringt und dabei auf das fehlende Fleisch verweist, antwortet er: „Das genügt, Fräulein, das genügt – nur den Senf haben Sie noch vergessen.“ (S. 14) Etwas zurückhaltender, aber nicht minder aufdringlich gibt er sich während des Frühstücks mit Babette. Ich „fühl mich schon wie zu Haus“ (S. 22), eröffnet er das Frühstücksgespräch, um gleich darauf wie selbstverständlich Babette und Anna für seine Sonderwünsche einzuspannen. Als Babette Anna anweist, zwei Eier zu bringen, ergänzt er schl direkt: „Dreieinhalb Minuten." (S. 22) Babettes Nachfrage, ob ihm das Ei munde, beantwortet er ohne Umschweife: „Etwas weich" (S. 25). Auf Biedermanns in Szene 3 mehrfach geäußerte Forderung „Sie verlassen mein Haus!" (S. 28) antwortet Schmitz unbeeindruckt und frech: „Wieso?" (S. 29) Feingefühl, Zurückhaltung oder gar Respekt sind Schmitz fremd.

2.3 Plumpheit

Schmitz gibt sich über weite Strecken keine Mühe zu verbergen, dass er eine traurige Jugend verbringen musste. Daraus resultiert nach seiner Darstellung, dass er „keine Bildung" und „kein Benehmen" (S. 24) hat. Beim Essen *„futtert"* (S. 23, S. 14) und schmatzt er (vgl. S. 60). Sein Äußeres wirkt raubeinig und grobschlächtig. Damit steht er in einem gewissen Kontrast zu seinem Freund Eisenring, der sich weltläufiger und gebildeter gibt. Es ist auch Eisenring, der die „tragische Jugend" (S. 43) seines Freundes Schmitz bestätigt und ebenso die plumpe Sentimentalität, mit der Schmitz um Aufmerksamkeit und Mitleid buhlt (vgl. S. 43).

3. Sprachgebrauch und Sprachverhalten

Im Gegensatz zu seiner robusten körperlichen Präsenz und seinem ruppigen Benehmen steht sein kommunikatives Geschick. Hier verwendet er zunächst konsequent gängige Höflichkeitsfloskeln wie z.B. „Wenn's dem Fräulein nichts ausmacht" oder „nur wenn ich nicht störe" (S. 11). Weiterhin überhäuft er Biedermann, den er durch seinen Überraschungsauftritt verblüfft, mit zahlreichen Schmeicheleien. Während er es vermeidet, auf Biedermanns berechtigte Frage nach seiner Herkunft und seinem dreisten „Eindringen" in die Stube zu antworten, wiederholt er dessen Parolen von Menschlichkeit und Tatkraft aus dem Wirtshaus. Mit den vielen Komplimenten konstruiert er ein Bild von Biedermann als aufrichtigem Menschen, das diesem schmeichelt und dazu nötigt, dem Bild zu entsprechen. Dabei legt er Biedermann etwas als getroffene Entscheidung in den Mund, was dieser noch gar nicht gesagt hat: „Wenn Sie ein

Unmensch wären, Herr Biedermann, dann würden Sie mir heute nacht kein Obdach geben, das ist mal klar." (S. 17) Auch Babettes Äußerungen deutet er zum Teil bewusst falsch, um sie zu beschämen und zu verunsichern (vgl. S. 24). Seine stärkste sprachliche Waffe im Gespräch mit Babette besteht darin, dass er ihre tatsächlichen, aber verschwiegenen Gefühle und Ziele offen anspricht: „Sie möchten mich los sein?" (S. 23) Damit erreicht er, dass sie ihre Sicherheit verliert und sich genötigt sieht, sich von diesen Inhalten zu distanzieren.

4. Zusammenfassende Bewertung

Schmitz ist eine Figur von ungeklärter Herkunft, ohne Wohnsitz und Arbeit. Er steht am Rande der bürgerlichen Gesellschaft und ist mit kriminellen Praktiken vertraut. Neben seinen sprachlichen Strategien, die er auch gegenüber den Biedermanns anwendet, hebt er planvoll und gezielt auf seine vermeintlich schwere soziale Situation ab, um die Biedermanns moralisch zu erpressen. Die Verbindung aus kraftvoller, aggressiver Aufdringlichkeit und böser Absicht lässt ihn als einen willfährigen, gewaltbereiten und gefährlichen Verbrecher erscheinen.

Eisenring

1. Personalien und sozialer Status

Wilhelm (Willi) Eisenring wird indirekt durch seinen Kumpel Schmitz eingeführt. Schmitz schwärmt im Gespräch mit Babette von ihm als einem Mann mit Kultur, der als Kellner gearbeitet habe (vgl. S. 26). Im weiteren Verlauf deutet Eisenring gegenüber Biedermann sein gutbürgerliches Elternhaus an, das ihm gute Voraussetzungen für eine erfolgreiche Entwicklung geboten hätte: „ich hätte studieren können, Papa wollte, daß ich Jurist werde" (S. 43). Er entschied sich für den Kellnerberuf, wurde aber nach der Brandstiftung in seiner Arbeitsstätte verhaftet. Eisenring selbst bezeichnet dies als eine Verwechslung, aufgrund derer er im Gefängnis die Bekanntschaft mit dem wirklichen

Brandstifter Josef Schmitz machte (vgl. S. 58). Demnach geriet er eher durch Zufall in kriminelle Brandstifterkreise, nahm dies aber gerne als neue Aufgabe und Herausforderung an: „Ich war so erstaunt, daß ich drauf einging." (S. 58) In jedem Fall hadert er keineswegs mit seinem Schicksal, sondern redet offen und ohne Bedauern darüber, dass er aus dem Gefängnis kommt (vgl. S. 42 f.). Weitere Informationen zu sozialen Beziehungen und Lebensstationen fehlen. Wie Schmitz ist er obdachlos und arbeitslos. Wie dieser lebt er somit als Außenseiter am Rand der bürgerlichen Gesellschaft.

2. Wesentliche Charaktereigenschaften
2.1 Gute Umgangsformen und Bildung

Eisenrings erster Auftritt ist ein Beweis seines sicheren Umgangs mit Höflichkeitsstandards. Er stellt sich Biedermann, der wegen seines überraschenden Erscheinens völlig perplex ist, formvollendet mit vollständigem Namen vor. Angesichts der Verblüffung Biedermanns kritisiert er daraufhin Schmitz, weil dieser „kein Benehmen" (S. 29) habe. Dies wiederholt er während des gemeinsamen Abendessens: „Schmitz, schmatze nicht! [...] Er hat kein Benehmen, Madame, ich bitte um Entschuldigung; es ist mir furchtbar." (S. 60) Als der ungehobelte Schmitz im Zuge seiner dilettantischen Schauspieldarbietung mit seinem Ausruf „ICH BIN DER GEIST – VON KNECHTLING." (S. 62) alle im Hause erschüttert und erschreckt, gelingt Eisenring die Entschärfung der Situation. Mit gekonnt eingesetztem Charme tröstet er vor und nach der Darbietung die Damen: *„Er nimmt Anna in seinen Arm"* (S. 61) und *„faßt Babette an der Schulter"* (S. 63). Schmitz hingegen schreit er zurechtweisend an: „Ein Idiot bist du!" (S. 62)

Hinzu kommen Versatzstücke bürgerlichen Bildungswissens. Er selbst verweist auf seine Bildungschancen in der Jugend (vgl. S. 43); Schmitz beschreibt ihn als Mann mit Kultur (vgl. S. 26). Eisenring präsentiert sich außerdem als Gentleman mit Gespür für Niveau und Stil. Markantestes Beispiel dafür ist die Tatsache, dass er all die Komfortgegenstände, die Biedermann zuvor hat verschwinden lassen, wieder für das Abendessen einfordert (vgl. S. 56–59). Damit zeigt er, dass er sehr wohl weiß, wie ein stilvoll gedeckter Tisch aussehen kann. Weiterhin lässt er durchblicken, dass er im Zuge seiner Kellner-Tätigkeit anspruchsvolle Weine kennengelernt hat (vgl. S. 58). Überdies deutet er Kenntnisse im Theaterbereich an (vgl. S. 61). Hinzu kommt, dass er durchaus eigenständig argumentieren kann, wie er in der vierten Szene unter Beweis stellt. Seine Diskussion mit Biedermann über „Klassenunterschiede“ (S. 44) signalisiert, dass er in gesellschaftspolitischen Fragen durchdacht Position beziehen kann, was auf einen gewissen Bildungsstand und eine einschlägige Schulung hinweist.

2.2 Zynismus

Seine Bildung und sein gutes Benehmen stehen neben seiner schieren Lust an Zerstörung, Leid und Feuer. Dazu zählt zunächst sein pyromanisches Fachinteresse, das er im Gespräch mit Biedermann offen zeigt (vgl. S. 42–45). Als Zweck seines Handelns formuliert er die Freude an „Feuersbrünsten, an Funken und prasselnden Flammen, an Sirenen [...], an Hundegebell und Rauch und Menschengeschrei – und Asche“ (S. 48). Bei Eisenring zeigt sich somit ein äußerst verstörender Widerspruch zwischen kulturellem Wissen, guten Umgangsformen und bösartiger Zerstörungslust, die er als die maßgebende Motivation für Brandstiftung benennt. Folgerichtig kritisiert er den Dr. phil., einen dritten Brandstifter, dafür, dass dieser mit Zerstörung eine politische Zielsetzung verbindet (vgl. S. 48). Vor dem Hintergrund seiner Zerstörungslust wirkt sein intellektuelles und soziales Niveau umso erschreckender und abstoßender: Es entlarvt sich als nahezu teuflisches Hilfsmittel, um sein böses Werk umzusetzen.

3. Sprachgebrauch und Sprachverhalten

Eisenrings Sprachgebrauch zeichnet sich in erster Linie durch Höflichkeitsformeln, die zu seinen Absichten in offenem Widerspruch stehen, aus. Schon bei seinem ersten Kontakt mit Biedermann bedient er sich diplomatischer

Floskeln wie „Ich versteh Sie vollkommen" (S. 30). Auch in den folgenden Szenen gelingt es ihm immer wieder, seine verblüfften Gesprächspartner durch unverbindliche, aber höfliche Sprachhülsen für sich einzunehmen. Während er zum Beispiel in Anwesenheit Biedermanns offen mit „Zündkapsel" und „Zündschnur" (S. 45) seine Brandstiftung vorbereitet, bittet er den Hausherrn in überbordender Freundlichkeit um Hilfe: „Wenn Sie so freundlich sein möchten, Herr Biedermann, dieses Ende zu halten, damit ich messen kann." (S. 45) Ebenso rät er Biedermann wegen der Brandgefahr in gespielter Zuvorkommenheit davon ab zu rauchen (vgl. S. 45). Während Schmitz in der sechsten Szene den „Geist von Knechtling" beschwört, reagieren Gottlieb und Babette bestürzt. Hier ist es Eisenring, der die schockierten Gemüter besänftigen kann. Babette spricht er mehrmals beruhigend mit „Madame" (S. 62, S. 63) an. Biedermanns Entsetzen beschwichtigt er durch scheinbares Mitgefühl und Schmeichelei: „Idiot! da siehst du's, wie Herr Biedermann zittert [...] Wo du genau weißt: Knechtling hat sich unter den Gasherd gelegt, nachdem unser Gottlieb getan hat, was er konnte, für diesen Knechtling. Vierzehn Jahre lang hat er ihm Arbeit gegeben, diesem Knechtling, das ist der Dank –" (S. 63) Mit dieser grotesken Verkehrung der Realität zugunsten seines Gastgebers gelingt es ihm, Biedermann zu besänftigen.

Auffällige Ausnahme in der Sprachfassade Eisenrings bildet sein befehlsmäßiger Ausruf in Szene 6, wenn es um die Streichhölzer geht: „Geben Sie her!" (S. 59), schreit er Biedermann an, der die Kerzen jedoch lieber selbst anzündet. Nur dieses eine Mal fällt Eisenring gegenüber Biedermann sprachlich aus der Rolle, indem er ihn anschreit. Der Befehlscharakter geht allerdings in der alkoholgeschwängerten Stimmung unter. Hier verrät sich Eisenrings Bösartigkeit. Es liegt nahe, dass sich Eisenring dieses Fehlers bewusst wird, denn seine folgenden Streichholz-Avancen fallen sprachlich erkennbar zurückhaltender aus. Am Ende des Menüs wiederholt er die Aussage, aber es fehlt das Ausrufezeichen: „Geben Sie uns Streichhölzchen.“ (S. 66) Kurz bevor die Brandstifter sich zurückziehen, ergreift Eisenring ein drittes Mal die Initiative: „Nur noch eins, Gottlieb: –“ (S. 67) Kein Befehl mehr, sondern nur noch eine Andeutung mit der vielsagenden Leerstelle, die durch den Gedankenstrich markiert wird.

Verhält sich Eisenring gegenüber Biedermann sprachlich weitgehend korrekt, so beschimpft er Schmitz als „Idiot[en]“ und als „geschmacklos“ (S. 62). Um sich die Gunst Biedermanns zu erschleichen, stellt er in einer vermutlich vorab abgesprochenen Rollenverteilung Schmitz mit Aussagen wie „Nichts hast du gedacht!“ (S. 30) oder „Schmitz, schmatze nicht!“ (S. 60) oder „Er hat kein Benehmen, Madame“ (S. 60) bloß. In kritischen Situationen sabotiert Eisenring bewusst die Kommunikation. Stellt Biedermann in Szene 3 entsetzt fest „Mein ganzer Dachboden voll Fässer –“, so bestätigt Eisenring diese Aussage rein sachlich mit „Ja eben“ (S. 31). Damit sagt er nichts Falsches, er geht aber auch nicht auf das ein, worauf Biedermanns Bemerkung abzielt.

4. Zusammenfassende Bewertung

Im Gegensatz zu Schmitz zeigt sich mit Eisenring der Typus des gebildeten Verbrechers. In der planvollen Zielsetzung, Dritte zu schädigen, gleichen sich beide. Sie unterscheiden sich erheblich in ihren geistigen Fähigkeiten und ihrem Verhalten. Eisenring gibt sich als kultivierter Zeitgenosse aus, der die geltenden Verhaltenskonventionen kennt und beachtet. In seiner sprachlichen und habituellen Korrektheit erschleicht er sich das Vertrauen der Biedermanns und erweckt den Eindruck, die Wildheit seines Freundes Schmitz zu relativieren. Gleichwohl spart er deutlich weniger als Schmitz mit offenen Andeutungen seines Plans und seiner bösartigen Existenz als Brandstifter.

Der Blick auf den Text: Die Szenenanalyse

Eine Szene analysieren – Tipps und Techniken

Für die Analyse (Beschreibung und Deutung) von Einzelszenen des Dramas stehen grundsätzlich zwei verschiedene Methoden zur Auswahl: die Linearanalyse und die aspektgeleitete Analyse.

In der **Linearanalyse** werden die einzelnen Abschnitte des Aufgabentexts systematisch analysiert, das heißt ihrer Reihenfolge nach. Dies führt in der Regel zu genauen und detaillierten Ergebnissen. Allerdings besteht dabei die Gefahr, dass zu kleinschrittig gearbeitet wird und die übergeordneten Deutungsaspekte aus dem Blick geraten.

In der **aspektgeleiteten Analyse** werden diese Deutungsschwerpunkte von vornherein festgelegt. Daraus ergibt sich in der Regel eine sehr problemorientierte und zielgerichtete Vorgehensweise. Dabei werden jedoch die Deutungsaspekte, die nicht im Fokus des Interesses stehen, vernachlässigt.

Aufbauschema:

1. **Einleitung:**
   - Basissatz: Autor; Titel; Textsorte; Erscheinungsjahr des Werks, aus dem der Text stammt
   - Ort, Zeit und Figuren der Szene
   - kurze Inhaltsangabe

2. **Einordnung der Szene in das Drama:**
   Was geschieht vorher, was nachher?

Linearanalyse

3. **Aufbau der Szene:**
   - Auflistung der Textabschnitte/Textgliederung

4. **Beschreibung und Deutung der unter 3. angegebenen Textabschnitte:**
   - Aussagen zum Inhalt des Abschnitts
   - Aussagen zur Deutung, Einbetten in den Zusammenhang des Dramas
   - Einbezug der sprachlichen Gestaltung

aspektgeleitete Analyse

3. **Untersuchungsschwerpunkte:**
   - Auflistung der ausgewählten Untersuchungsaspekte

4. **Beschreibung und Deutung der unter 3. angegebenen Aspekte:**
   - Benennen des jeweiligen Aspekts
   - Aussagen zur Deutung, Einbetten in den Zusammenhang des Dramas
   - Einbezug der sprachlichen Gestaltung

5. **Schluss:**
   - Zusammenfassung der Ergebnisse
   - Einordnung in einen größeren Deutungszusammenhang
   - Bewertung

Beispielanalyse Szene 5 (linear)

> ***Analysieren Sie Szene 5 des Dramas „Biedermann und die Brandstifter" nach inhaltlichen und sprachlichen Gesichtspunkten.***

Einleitung mit knapper Inhaltsangabe der Szene

Max Frischs Drama „Biedermann und die Brandstifter", im Herbst 1957 verfasst, war ein internationaler Theatererfolg und begründete den Weltruhm seines Verfassers. In diesem Werk behandelt Frisch modellhaft das Problem der Verdrängung drohender Gefahren, bestehender Risiken und die Flucht aus der eigenen Verantwortung.

Die Szene 5 des Dramas spielt in der Wohnstube der Biedermanns. Dort bereiten Gottlieb Biedermann und das Dienstmädchen Anna das Festmahl für die Brandstifter vor. Begleitet werden die Vorbereitungen von Anspielungen auf Biedermanns Schuld: Die schwarz gekleidete Witwe Knechtling, deren Mann sich wegen Gottliebs Unnachgiebigkeit umgebracht hat, tritt auf und wird barsch abgewiesen. Kurze Zeit später wendet sich Babette an ihren Mann, weil der Trauerkranz für Knechtlings Beerdigung falsch beschriftet und an Biedermanns geliefert wurde.

Einordnung der Szene in das Drama

Der Szene vorausgegangen ist die Aufnahme eines Fremden im Hause Biedermann, Josef Schmitz, (Szene 1), der seinen Freund, Willi Eisenring, unbemerkt in das Haus einschleust (Szene 2). Nachdem Biedermann mit seinem Vorhaben, die Gäste samt ihren dubiosen Fässern aus dem Haus zu werfen, gescheitert ist (Szene 3), geht er dazu über, beide auf seine Seite ziehen zu wollen. Zu diesem Zweck lädt er sie zu einem Abendessen ein (Szene 4), für das er seine Wohnstube mit Anna vorbereitet (Szene 5). Die Anstrengungen der Biedermanns laufen jedoch ins Leere, denn zum Ende hin setzen die Brandstifter das Haus und die Stadt in Brand (Szene 6).

Aufbau der Szene

Die Szene 5 zeigt in der Hauptsache die Vorbereitung des abendlichen Festmahls. Sie lässt sich in fünf Textabschnitte gliedern. Zu Beginn kanzelt Biedermann die Witwe Knechtling ab und lässt das Fenster schließen, um das Glockengeläut nicht mehr hören zu müssen. Den größten Teil der Szene nehmen die sich anschließenden Vorbereitungen für das Festmahl und die Befehle an Anna ein. Im dritten Textabschnitt tritt Babette auf, um sich über den falsch gelieferten und falsch beschrifteten Kranz für Knechtling zu ereifern. Mit dem vierten Textabschnitt kommen die Brandstifter vom Dachboden hinzu, bevor sich Biedermann zum Schluss rechtfertigend an das Publikum wendet.

Deutung der Textabschnitte
I. Abschnitt

Im ersten Abschnitt bereiten Gottlieb und Anna geschäftig die Wohnstube für das Abendessen vor, derweil die Witwe Knechtling *„noch immer da“* (S. 50) ist. Nachdem ihr Mann sich wegen Biedermanns Unnachgiebigkeit das Leben genommen hat (vgl. S. 34), versucht sie, Kontakt zu Biedermann aufzunehmen. Der aber hat ihr schon durch Anna ausrichten lassen, nichts mit ihr zu tun haben zu wollen (vgl. S. 44). Sie wirkt wie ein düsteres Mahnmal in Figurenform, weil sie in ihrer schwarzen Kleidung gleich einer Statue laut- und bewegungslos (vgl. S. 43, S. 50) in all der Hektik um sie herum verharrt. Die lautlose Anwesenheit der trauernden Witwe nötigt Biedermann keinerlei Mitgefühl oder gar Mitleid ab. Schroff fährt er die Witwe an, verweist sie an seinen „Rechtsanwalt“ und stellt pietätlos klar, „keine Zeit“ zu haben, um sich „mit Toten zu befassen“ (S. 50). Biedermann zeigt sich durch die trauernde Witwe nicht beeindruckt und lehnt es ab, sich mit seiner Schuld auseinanderzusetzen. So wie die düstere Anwesenheit der Witwe eine Umkehr anmahnt, so wirkt auch das laute Glockengeläut alarmierend. Die mit der Witwe ausgedrückte stumme Mahnung und die durch die Glocken hervorgerufene Alarmstimmung verweisen auf die Gefahr, in der sich die Biedermanns und die gesamte Stadt befinden.

Biedermann ignoriert beides: Er schickt die Witwe fort und befiehlt Anna wegen des lauten Geläuts: „Man hört ja seine eigne Stimme nicht, Anna, machen Sie das Fenster zu!" (S. 50) Wie in allen Szenen zuvor handelt Biedermann auf die Weise, dass er alles Unangenehme und Verstörende verdrängt. Die drohende Gefahr will er nicht wahrhaben und sein Handeln nicht überdenken.

II. Abschnitt

Die Haupthandlung der Szene besteht aus der Vorbereitung der Wohnstube für das Festmahl, während der die für Biedermann typische unaufrichtige Doppelzüngigkeit sinnfällig zum Ausdruck kommt. „Was macht das für einen Eindruck!" (S. 50), schnauzt er seine Hausangestellte herrisch an und umschreibt mit dieser Aussage unmissverständlich die Leitlinie seines Handelns: Es geht nicht um eine ehrliche Einschätzung und Selbstdarstellung, sondern um den Eindruck, den man hinterlässt und an dem man fortwährend arbeiten muss. Wie im gesamten Text steht auch in dieser Szene der Schein im Vordergrund, d. h. wie man auf andere wirkt und was andere von einem denken. Biedermann glaubt, mit einfach-rustikaler Heimeligkeit die Gunst der Brandstifter gewinnen zu können, da er deren Geschmack und Gepflogenheiten für ziemlich einfach gestrickt hält. Daher befiehlt er Anna, jegliche Dekoration, die als „Protzerei" (S. 50) gedeutet werden könnte, zu entfernen. Das Abendessen plant er dementsprechend als ein „schlichtes und gemütliches", damit sich die beiden „wie zu Haus fühlen" (S. 50). Er will den Eindruck eines einfachen, bescheidenen, leutseligen Bürgers erwecken, der offen und vorurteilsfrei auf seine Gäste eingeht, sogar dann, wenn diese nicht standesgemäß sind. Infolgedessen trägt er seine „älteste Hausjacke" (S. 50) und will um jeden Preis verhindern, mit „Silber und Kristall" (S. 50) überheblich und angeberisch zu wirken. Mit seiner politischen Phrase „Nur keine Klassenunterschiede!" (S. 51) knüpft er an seine Ausführungen in Szene 4 (vgl. S. 44) an und erklärt Einfachheit zum programmatischen Ziel für diesen Abend. Sprachlich wird dies in den syntaktisch ähnlich gebauten Befehlen „Weg mit diesem Silber!" (S. 50), „Weg damit!" (S. 51), „Also weg mit dem Tischtuch!" (S. 52) und „Weg mit diesen Kandelabern!" (S. 52) deutlich. Die Häufigkeit der „Weg!"-Befehle zeigt, dass Biedermann seine durchaus luxuriöse Lebensführung unbedingt verstecken möchte. Dem stehen Annas nüchterne Feststellungen gegenüber, die die Normalität von Luxus im Hause Biedermann offenbaren: „Haben wir aber immer" (S. 50), kommentiert sie die Kandelaber auf dem Tisch. Das Aufdecken mit Damast-Servietten erklärt sie wie folgt: „Wir haben keine andern." (S. 51) Trotz Annas Einwürfen steigert sich Biedermann in eine geradezu rauschhafte Verherrlichung des einfachen Lebensstiles. Dieser Rausch gipfelt darin, dass er die neu geschaffene Einfachheit der Wohnstube in der Nachfolge des biblischen Vorbildes sieht: „Ein hölzerner Tisch, nichts weiter, wie beim Abendmahl." (S. 52) Zum zünftigen Design seiner Wohnverhältnisse gehört für ihn auch die Kleidung seiner Angestellten, die einen „schlichten" Pullover tragen soll, aber „kein Häubchen" und „kein Schürzchen" (S. 52). Wie schon gegenüber Eisenring in Szene 4 hebt Gottlieb gegenüber Anna nicht nur auf Anspruchslosigkeit ab, sondern auch auf moralische Forderungen: „Was wir brauchen, das ist Menschlichkeit, Brüderlichkeit." (S. 51) Indem er humanistische Werte beschwört und biblische Vorbilder bemüht, deckt er selbst den krassen Gegensatz zwischen seinem Reden und Handeln auf. Denn nur wenige Sätze zuvor hat er ohne Mitleid das Anliegen der hilflosen Witwe abgeschmettert. Biedermanns Unaufrichtigkeit zeigt sich auch daran, dass er von Abendmahl und Menschlichkeit schwadroniert, während er seine Hausangestellte mit Kommandos und Vorwürfen torpediert. Zehn barsche Befehle erteilt er Anna in kurzer Zeit (vgl. S. 50–52). In Ausrufen wie „Was sollen diese idiotischen Kandelaber!"

(S. 50), „Was macht das für einen Eindruck!" (S. 50), „Brauchen!" (S. 51) kommen nicht nur Anweisungen zum Ausdruck, sondern es schwingen auch Vorwürfe mit. Desgleichen signalisieren sie einen rauen Umgangston. Dies zeigt sich in Flüchen wie „verdammtnochmal!" (S. 50) oder „zum Teufel" (S. 51). Weiterhin fungieren viele mit einem Fragezeichen versehene Aussagen Biedermanns wie zum Beispiel „Was soll denn das?" (S. 51) oder „Verstanden?" (S. 52) nicht als Frage, sondern als Vorwurf. Insgesamt enthüllt das Sprachverhalten beider Figuren während des Gesprächs, dass Biedermann Anna ohne großen Respekt begegnet. Mit seinen Befehlen und seinen vielen vorwurfsvollen Ausrufen bzw. Fragen stellt er Anna als begriffsstutzig dar. Wie Hohn muss es da auf Anna wirken, dass ausgerechnet sie, die von den Biedermanns nur Anweisungen und Vorwürfe, nie aber eine persönlich gefärbte Bemerkung zu hören bekommt, sich jetzt so kleiden soll, als „gehöre [sie] zur Familie" (S. 52).

III. Abschnitt

Im dritten Textabschnitt tritt Babette auf und beklagt, dass der Kranz für Knechtlings Beerdigung an sie und die Rechnung an die Witwe geschickt wurde statt umgekehrt: „Und die Schleife und alles ist verkehrt!" (S. 51) Pikanter Höhepunkt mit hoher Symbolkraft ist die Verwechslung der Beschriftung. „UNSEREM UNVERGESSLICHEN GOTTLIEB BIEDERMANN" (S. 52) steht auf der Schleife. Doch selbst dieser kuriose Fingerzeig des Schicksals stimmt Biedermann keineswegs nachdenklich: Wie gewohnt verdrängt er das Problem und das symbolische Todessignal: „Das nehmen wir nicht an. Kommt nicht in Frage!" (S. 52) Damit ist dieser Zwischenfall für ihn geklärt und er widmet sich wieder der Modellierung seines Wohnzimmers zu einer zünftigen Gaststube.

IV. Abschnitt

Der vierte Textabschnitt setzt mit dem Auftritt der Brandstifter ein, die miteinander über die fehlenden Streichhölzer sprechen. Damit spitzt sich die Situation zu, weil die

Brandstifter Biedermann um Streichhölzer bitten wollen. Infolgedessen muss sich Gottlieb zwischen seiner Taktik einer gespielten Freundschaft mit den Übeltätern und einer kritischen Analyse der Situation entscheiden.

V. Abschnitt

Die Szene schließt nicht wie die vorausgegangenen Szenen mit einem Chor-Auftritt ab: Biedermann tritt aus seiner Spielrolle heraus und wendet sich in einer offenen Bühnenansprache direkt ans Publikum. Wie schon Babette in den Szenen 1 und 4 (vgl. S. 19, S. 49) überschreitet Gottlieb hier die definierten Rollengrenzen und bezieht das Publikum unmittelbar in seine Überlegungen mit ein. Mit der Ansprache in der fünften Szene ist das Publikum gefordert, Stellung zu möglichen eigenen Entscheidungen in ähnlich gelagerten Situationen zu beziehen: „Hand aufs Herz, meine Herren: Was hätten Sie denn getan, Herrgottnochmal, an meiner Stelle? Und wann?“ (S. 53) Gottliebs Publikumsansprache legt sein gesamtes widersprüchliches und inkonsequentes Verhalten offen. So gesteht er einerseits freimütig ein, gleich zu Beginn einen „Verdacht“ (S. 53) gehabt zu haben und nunmehr zu wissen, dass er Brandstifter beherbergt: „Hand aufs Herz: Seit wann (genau) wissen Sie, meine Herren, daß es Brandstifter sind?“ (S. 53) Andererseits rechtfertigt er weiterhin seine Strategie des freundlichen Anbiederns, um die Verbrecher für sich zu gewinnen und von dem Verbrechen abzulenken: „Solange sie grölen und saufen, tun sie nichts anderes“ (S. 53). Biedermann tritt zwar für den Moment formal aus seiner Rolle heraus, aber er vertritt konsequent seine Entscheidungen aus den Szenen 1 bis 4. Nicht die Figur Biedermann hat etwas gelernt und ihren Standpunkt verändert, sondern das Publikum ist hier gefordert, in der Auseinandersetzung mit der Ansprache Biedermanns das eigene Verhalten kritisch zu hinterfragen und zu überprüfen.

Schluss

Insgesamt offenbart die Szene 5 Biedermann als unaufrichtigen Sprücheklopfer, der nicht offen zu dem steht, was er ist und denkt und will. Er verstellt sich, indem er sein äußeres Erscheinen und Reden höchst opportunistisch dem jeweiligen Dialogpartner anpasst, um für sich den bestmöglichen Nutzen daraus zu ziehen. Wie falsch und verstellt all sein Reden ist, erschließt sich insbesondere am Widerspruch zwischen den vollmundig beschworenen humanistischen Werten und seinem Auftreten gegenüber der trauernden, hilflosen Witwe sowie seinem gebieterischen Verhalten gegenüber Anna.

Beispielanalyse Szene 4 (aspektgeleitet)

Erklären Sie die Funktion von Biedermanns gesellschaftlichen Idealvorstellungen in der vierten Szene. Erörtern Sie die Glaubwürdigkeit der Einlassungen Biedermanns. Bewerten Sie abschließend den Erfolg von seinen Überlegungen.

Einleitung mit knapper Inhaltsangabe der Szene

Das 1958 uraufgeführte Drama „Biedermann und die Brandstifter" gehört zu den meistgespielten und meistgelesenen Werken Max Frischs. Es thematisiert modellhaft, mit wie viel Energie Menschen drohende Gefahren verdrängen und ihre Verantwortung für eigenes Fehlverhalten nicht wahrhaben wollen. Die Szene 4 des Dramas spielt weitgehend auf dem Dachboden des Biedermann'schen Hauses. Um freundschaftliches Vertrauen aufzubauen, will Biedermann die Brandstifter zu einem üppigen Abendessen einladen. Auf dem Dachboden trifft er nur Willi Eisenring an, da Schmitz Holzwolle besorgt. In dem Gespräch zwischen beiden zeigt sich deutlich, dass es dem Hausherrn nur noch darum geht, sich mit allen Mitteln das Wohlwollen der mutmaßlichen Brandstifter zu sichern.

Einordnung der Szene in das Drama

Die ersten drei Szenen zeigen, dass die Biedermanns einem arbeitslosen Fremden entgegen ihren sonstigen Gepflogenheiten Obdach in ihrem Haus gewähren (Szene 1). Josef Schmitz, der Gast, schleust alsbald unbemerkt seinen Freund Willi Eisenring (Szene 2) ein. Biedermann will seinen Gast wegen erheblicher nächtlicher Ruhestörung auf die Straße werfen. Sein Plan wird allerdings durch zwei überraschende Wendungen, die ihn überrumpeln und entwaffnen, vereitelt (Szene 3).

Im weiteren Verlauf will das Ehepaar aus Angst, Scham, falscher Höflichkeit und Feigheit nicht wahrhaben, dass der Fremde mit seinem Freund eine Brandstiftung auf dem Dachboden ihres Hauses vorbereitet. Obwohl sie sich größte Mühe geben, die Fremden als Freunde zu gewinnen, um vom absehbaren Unheil verschont zu bleiben (Szenen 5 und 6), gehen sie schließlich mit der gesamten Stadt in einer großen Brandkatastrophe unter (Szene 6).

Untersuchungsaspekte

Die vierte Szene demonstriert Biedermanns Strategie der sozialen Anbiederung: Sie zielt darauf ab, sich der Gunst seiner zweifelhaften Gäste zu versichern, indem er sich ausgesprochen höflich und zuvorkommend verhält. Darüber hinaus aber beabsichtigt Biedermann, sich bei den mutmaßlichen Brandstiftern mit wohlfeilen gesellschaftspolitischen Parolen und Idealen einzuschmeicheln. Im Folgenden werden Biedermanns geäußerte soziale Ideale zusammengestellt und anschließend auf ihre Stimmigkeit und Glaubwürdigkeit hin überprüft. Abschließend kommt es zu einer Bewertung hinsichtlich des Erfolgs von Biedermanns Strategie.

I. Vorgebliche Idealvorstellungen Biedermanns

Biedermann, für den der Schein mehr zählt als ehrliches Auftreten, ordnet Josef und Willi sozial einer eher bildungsfernen und finanzschwachen Gesellschaftsschicht zu. Dementsprechend geht er davon aus, dass die beiden aus wirtschaftlich prekären und familiär brüchigen Verhältnissen kommen. Um sich Sympathien zu erwerben, bemüht er sich, so aufzutreten, dass sein Erscheinungsbild zu den vermeintlichen Umgangsformen der unteren Gesellschaftsschichten passt. Dazu zählt zuerst, dass er sich ab Szene 4 den Gästen durch seinen veränderten Kleidungsstil und sein verändertes Auftreten nähern will. Aber nicht nur durch sein äußeres Auftreten, sondern auch durch politische Kommentare glaubt er, Gemeinsamkeiten mit den Brandstiftern demonstrieren zu können. Er beschwört die klassenfreie Gesellschaft und den Idealzustand eines sozialen Friedens zwischen Arm und Reich. „Ich glaube nicht an Klassenunterschiede!" (S. 44), ruft er aus und fragt pathetisch: „Sind wir denn heutzutage nicht alle, ob arm oder reich, Geschöpfe eines gleichen Schöpfers? Auch der Mittelstand. Sind wir, Sie und ich, nicht Menschen aus Fleisch und Blut?" (S. 44) Das Gerede über Klassenunterschiede hält er für veraltete und falsche Parolen der unteren Schichten (vgl. S. 44). In seinem sozialen Bekenntnis lässt er den Umstand, dass gerade die unteren Schichten am meisten von der ungleichen Verteilung des Wohlstands betroffen sind, außer Acht. Ihm zufolge reichen schon ein „bißchen gute[r] Will[e], Herrgottnochmal, ein bißchen Idealismus" und „wir alle hätten unsere Ruhe und unseren Frieden, die Armen und die Reichen" (S. 44 f.).

II. Glaubwürdigkeit der Idealvorstellungen Biedermanns

Biedermanns Äußerungen enthalten hehre Zielvorstellungen, aber wenig Konkretes. Sie verbleiben im Unbestimmten und Ungefähren. Zudem entbehren sie jedweder Glaubwürdigkeit. Denn hier schwadroniert ein Reicher aus der Perspektive der Besitzenden vom friedlichen Miteinander der sozialen Gruppen, ohne darauf einzugehen, dass die ungleiche Verteilung des Wohlstands den gesellschaftlichen Ausgleich behindert. Die Menschen reden von sozialen Unterschieden, weil sie diese in ihrer wirtschaftlichen Situation am eigenen Leib erfahren. Infolgedessen bleibt Gottliebs soziales Schwärmen oberflächlich und halbherzig. Die Glaubwürdigkeit seines vorgetragenen Gesellschaftsbildes leidet aber nicht nur an platter Oberflächlichkeit. Sie wird auch durch sein eigenes Handeln infrage gestellt. Er selbst hat in Szene 1 die Ansprüche seines Angestellten Knechtling, der in bescheidenen Umständen lebt, kaltschnäuzig zurückgewiesen (vgl. S. 16). Dessen Wunsch nach Teilhabe am Wohlstand hält er für eine lächerliche (vgl. S. 21) Anmaßung. An einem friedlichen Auskommen zwischen Arm und Reich, zwischen Unternehmer und Angestelltem ist er in seiner eigenen beruflichen Praxis nicht interessiert. Die Hartherzigkeit gegenüber Knechtling entlarvt seinen wortreich vorgetragenen Idealismus als Phrasendrescherei.

Der Widerspruch zwischen menschfreundlichen Sprüchen und ökonomischer Realität in Biedermanns Unternehmen wird durch den Auftritt der schwarz gekleideten Witwe Knechtling (vgl. S. 43) bühnenwirksam verstärkt. Die Witwe Knechtling wird von Biedermann direkt oder indirekt mehrfach brüsk abgewiesen (vgl. S. 44, S. 50). In ihrer Stummheit wirkt sie wie ein hilfloses Opfer, dem Biedermann unmenschlich begegnet, was seine Rede von der Gleichheit aller und dem allgemeinen friedvollen Miteinander als verlogenes Geschwafel demaskiert.

III. Erfolg der Strategie Biedermanns

Die Erfolgsaussichten für Biedermanns Strategie gegenüber den Brandstiftern stellen sich als denkbar gering dar. Eisenring geht sehr wohl von der Existenz sozialer Unterschiede aus – „das ist der Klassenunterschied“ (S. 44). Zudem beachtet Gottlieb mitnichten, dass sein Gesprächspartner Eisenring offenkundig kein Interesse an Biedermanns Ausführungen zeigt und auch andeutet, durchaus

auf einen gehobenen sozialen und kulturellen Hintergrund zurückblicken zu können (vgl. S. 43). Damit laufen Biedermanns Ausführungen ins Leere, sie betreffen Eisenring nur bedingt. Darüber hinaus kennt Eisenring Biedermanns wahres Gesicht von dessen Umgang mit Knechtling, der sich wegen der hartherzigen Unnachgiebigkeit seines Arbeitgebers sogar umbrachte (vgl. S. 34).
Nicht zuletzt zeigt auch der Einsatz des Zigarrenmotivs, dass Biedermanns Position zunehmend wankt. Anfänglich nutzt Biedermann die Zigarre, um entspannt und selbstsicher zu wirken. Schließlich möchte er gegenüber den Brandstiftern gleichermaßen selbstbewusst und gelöst auftreten, um seine Ängste zu überspielen. Nur kurze Zeit später lässt sich aber gerade an der Zigarre erkennen, wie sehr sich die Kräfteverhältnisse im Hause Biedermann verschoben haben. Eisenring rät Biedermann: „Sie sollten hier nicht rauchen." Der Angesprochene *„erschrickt und löscht die Zigarre"* (S. 45). Eisenring gibt den Ton an und Biedermann folgt ohne Widerspruch, ohne Einspruch, ohne Reflexion. Etwas hämisch betont Eisenring: „Ich habe Ihnen hier keine Vorschriften zu machen, Herr Biedermann, schließlich und endlich ist es Ihr eigenes Haus, aber Sie verstehen –" (S. 45) Mit dieser Bemerkung führt er Biedermann geradezu vor, denn der Hausbesitzer hat die Kontrolle über sein Haus fast vollständig verloren. Gleichwohl erinnert der Verweis Eisenrings auf die Besitzverhältnisse daran, dass Biedermann nach wie vor in der Verantwortung für sein Haus steht. Genau diese Verantwortung wahrzunehmen hieße aber, die Vorbereitung der Brandstiftung auf dem eigenen Dachboden sofort zu unterbinden, statt ihr reaktionslos beizuwohnen.

Insgesamt liest sich Szene 4 als Beweis für Biedermanns oberflächliche, doppelzüngige Moral, für seine egoistische Falschheit und seine Flucht vor der eigenen Verantwortung. Statt diese wahrzunehmen, wie es grotesker Weise Schluss sogar Eisenring anspricht, wählt er den Weg des vermeintlich geringsten Widerstands: anpassungsfähig sein, das Beste für sich hoffen, sich selbst nicht die Finger schmutzig machen – ein Weg, der geradewegs in die eigene Zerstörung mündet.

Der Blick auf die Prüfung: Themenfelder

Dieses Kapitel dient zur unmittelbaren Vorbereitung auf die Prüfung: Schulaufgabe bzw. Klausur oder schriftliche bzw. mündliche Abiturprüfung. Die wichtigsten Themenfelder werden in einer übersichtlichen grafischen Form dargeboten. Außerdem verweist eine kommentierte Liste mit Internetadressen (S. 137) auf mögliche Quellen für Zusatzinformationen im Netz.

Die schematischen Übersichten können dazu genutzt werden,

- die wesentlichen Deutungsaspekte des Stückes kurz vor der Prüfungssituation im Überblick zu wiederholen,
- die Kerngedanken des Dramas noch einmal selbstständig zu durchdenken und
- mögliche Verständnislücken nachzuarbeiten.

Zum Verständnis der Schemata ist die Kenntnis der vorangegangenen Kapitel unerlässlich. Die folgende Schwerpunktsetzung beruht auf Erfahrungen aus jahrelanger Prüfungspraxis. Die Übersicht III (Vergleichsmöglichkeiten mit anderen literarischen Werken) soll als Anregung dienen, um den eigenen Lektürekanon auf möglicherweise interessante Vergleichspunkte hin abzuklopfen.

Übersicht I: Das Versagen Biedermanns

Biedermanns Versagen

gegenüber den Brandstiftern
- Biedermanns Selbstgefälligkeit lässt ihn gegenüber Schmitz, der ihm sehr schmeichelt, jede Vorsicht vergessen.
- Obwohl er seine Gäste bei der Vorbereitung einer Brandstiftung in flagranti erwischt hat, behandelt er sie nicht wie Verbrecher. (Sz. 3) Stattdessen biedert er sich ihnen an, um sie als Freunde zu gewinnen (Sz. 4), und lädt sie zum üppigen Abendessen ein. (Sz. 6)
- Alle Hinweise auf die wachsende Gefahr nimmt er nicht zum Anlass, seinen Umgang mit den Brandstiftern zu überdenken.
- Er übergibt aus Feigheit und selbstverschuldeter Ohnmacht den Brandstiftern die Streichhölzer. (Sz. 6)

gegenüber den Angestellten
- Biedermann verweigert Knechtling jedwede Gewinnbeteiligung. (Sz. 1)
- Er nimmt auf Knechtlings prekäre soziale Situation keinerlei Rücksicht. (Sz. 1)
- Zynisch legt er ihm sogar den Freitod nahe. Selbst seiner Witwe gegenüber zeigt er weder Mitgefühl noch die Bereitschaft zur Unterstützung. (Sz. 1 + 5)
- Anna nimmt er nicht als Mensch, sondern nur als Dienstleisterin wahr.

gegenüber der Polizei/der Gesellschaft
- Biedermann vereitelt die rechtzeitige Strafverfolgung der Verbrecher durch seine wissentliche Falschaussage. (Sz. 3)
- Er nimmt billigend in Kauf, dass die Stadt gefährdet und schließlich zerstört wird.
- Er schlägt alle Warnungen von außen (Chor, Stammtisch) in den Wind.

gegenüber Babette
- Er verheimlicht ihr Schmitz’ Beherbergung. (Sz. 1)
- Er überlässt ihr den Rauswurf. (Sz. 2)
- Er verspottet sie ob ihrer Bedenken als humorlos. (Sz. 6)
- Er verharmlost ihr Entsetzen ob seiner Mitschuld. (Sz. 6)

Übersicht II: Theatertheoretische Aspekte

Theaterstück „Biedermann und die Brandstifter“

„Biedermann und die Brandstifter“ als „Lehrstück ohne Lehre“

- Anlehnung an Brechts *Gestus des Zeigens:* Falsches Verhalten wird gezeigt.
- Einsatz von V-Effekten
- Typen statt Charaktere
- einfache Sprache
- Modellsituation
- Bedenken hinsichtlich der Anmaßung einer Lehre, die verweigert wird

„Biedermann und die Brandstifter“ als Parabel

- Ausweg aus dem Imitiertheater
- Modellsituation für verschiedene gesellschaftliche Situationen
- Gefahr eines zu starken Belehrungscharakters

„Biedermann und die Brandstifter“ als Gegenmodell zum Imitiertheater

- keine naive Kopie der Wirklichkeit
- ausgewiesene Spielsituationen
- Vermeidung von Identifikation mit den Figuren
- Anlehnung an Brechts episches Theater durch Verfremdungseffekte (Chor, Publikumsansprache)

Übersicht III: Vergleichsmöglichkeiten mit anderen literarischen Werken

„Biedermann und die Brandstifter“

Figurenvergleich, zum Beispiel
- Biedermann mit Hofmannsthals Jedermann
- die Brandstifter mit Goethes Mephisto
- Babette mit Fontanes Effi Briest oder Ibsens Nora

Motivvergleich
- Glockenmotiv: Kleists Novelle „Das Erdbeben in Chili“
- Motiv der Verhaltensänderung: Brechts Parabeln oder Hofmannsthals Werk „Jedermann“
- Motiv der ehelichen Hierarchie: Fontanes Roman „Effi Briest“
- Motiv der Sprachskepsis: Max Frischs Roman „Stiller“ und Hofmannsthals „Brief des Philipp Lord Chandos an Francis Bacon“

Frischs Dramenkonzeption im Vergleich mit
- Brechts Lehrstücken und Parabeln (z. B. Keuner-Geschichten)
- Dürrenmatts schwarzer Komödie „Der Besuch der alten Dame“

Internetadressen

Unter diesen Internetadressen kann man sich zusätzlich informieren:

www.mfa.ethz.ch
(Homepage des Max Frisch-Archivs an der ETH Zürich, u. a. mit einer Chronik seines Lebens und Werks)

www.ub.fu-berlin.de/service_neu/internetquellen/fachinformation/germanistik/autoren/autorf/frisch.html
(Die Universitätsbibliothek der FU Berlin bietet eine umfangreiche und kommentierte Linksammlung zu Biografien, Bibliografien, Werken, Rezensionen und Sekundärliteratur über Max Frisch.)

www.suhrkamp.de/autoren/max_frisch_1350.html
(Max Frisch – Biografie und Werke)

www.hdg.de/lemo/html/biografien/FrischMax/index.html
(Max Frisch – Biografie)

http://maxfrisch.srf.ch/www/de/frisch/startseite.html
(Gedenkseite des schweizerischen Radios und Fernsehen SRF zum 100. Geburtstag Frischs)

http://bibliothek.bhak-bludenz.ac.at/frisch1.asp
(„Biedermann und die Brandstifter“: Interpretation)

[Stand: 13.12.2011]

Literatur

Textausgabe

Max Frisch: Biedermann und die Brandstifter. Ein Lehrstück ohne Lehre. Mit einem Nachspiel. Suhrkamp-Vlg.: Frankfurt a. M. 1996

Wenn nicht anders angegeben, werden Frischs Prosaschriften nach folgender Ausgabe zitiert: Gesammelte Werke in zeitlicher Folge. 6 Bände. Hrsg. v. H. Mayer u. W. Schmitz. Suhrkamp-Vlg.: Frankfurt a. M. 1976 (= GW)

Primärtexte

Brecht, Bertolt: Kurze Beschreibung einer neuen Technik der Schauspielkunst, die einen Verfremdungseffekt hervorbringt. In: Ders.: Gesammelte Werke in 20 Bdn.: Bd. 15. Suhrkamp-Vlg.: Frankfurt a. M. 1967, S. 341–357

Brecht, Bertolt: Über experimentelles Theater [1939-40]. In: Ders.: Gesammelte Werke in 20 Bdn.: Bd. 15. Suhrkamp-Vlg.: Frankfurt a. M. 1967

Frisch, Max: Die Schweiz ist ein Land ohne Utopie (1960). In: GW IV, S. 258–259

Frisch, Max: Festrede zum Nationalfeiertag am 1. August 1957. In: GW IV, S. 220–225

Frisch, Max: Tagebuch 1946–1949. In: GW II, S. 347–750

Frisch, Max: Werkstattgespräche mit Schriftstellern. Geführt von Horst Bienek. dtv: München 1976, S. 23–37

Sekundärtexte

Durzak, Manfred: Dürrenmatt, Frisch, Weiss. Deutsches Drama der Gegenwart zwischen Kritik und Utopie. Philipp Reclam jun.-Vlg.: Stuttgart 1972

Gockel, Heinz: Max Frisch: Drama und Dramaturgie. Oldenburg-Vlg.: München 1989

Knopf, Jan: Brecht-Handbuch. 2 Bde. [1980]. Metzler-Vlg.: Stuttgart/Weimar 1996

Petersen, Jürgen H.: Max Frisch. Metzler-Vlg.: Stuttgart/Weimar ³2002

Schmitz, Walter (Hrsg.): Materialien zu Max Frisch „Biedermann und die Brandstifter". Suhrkamp-Vlg.: Frankfurt a.M. 1979